JN204102

5分ごとにひらく恐怖のとびら

百物語

1 絶叫のとびら

日本児童文学者協会・編

怖《こわ》い話《はなし》が、お好《す》きですか？
お好《す》きなんですよねえ？
そうですよねえ。
ふふふっ、よろしゅうございました。
それはそれは、怖《こわ》い話《はなし》を
たっぷりと用意《ようい》してございます。

ああ、怖《こわ》い話《はなし》がお好《す》きなら、
「百物語《ひゃくものがたり》」もご存知《ぞんじ》でしょう？
え、ご存《ぞん》じない？
では、まずは、その謂《い》われからどうぞ――。

第《だい》1話《わ》

きつね踊《おど》りと百《ひゃく》の木札《きふだ》

最上《もがみ》 一平《いっぺい》

朝日山地《あさひさんち》の山里《やまざと》に鬼頭《おにがしら》という集落《しゅうらく》があります。鬼頭《おにがしら》とはいかめしい名《な》ですが、すぐ近《ちか》くに鬼神山《おにがみやま》というのもあります。この山《やま》は、頭《あたま》をスパッと切《き》ってしまったように平《たい》らで、その頭《あたま》がふもとまでころがってきたというのが、鬼頭集落《おにがしらしゅうらく》の名《な》まえの由来《ゆらい》でした。

鬼神山《おにがみやま》は、一木一草《いちぼくいっそう》持《も》ちだしてはいけないし、足《あし》をふみいれてもいけないという鬼神《おにがみ》の山《やま》でした。鬼頭集落《おにがしらしゅうらく》では、鬼神山《おにがみやま》にいちばん近《ちか》いところに鬼頭神社《おにがしらじんじゃ》がまつってあって、四年《ねん》に一度《ど》のうるう年《どし》に祭《まつ》りをするというのが、遠《とお》い昔《むかし》からのならわしでした。

祭《まつ》りは八月《がつ》十三日《にち》からの五日間《いつかかん》、行《おこな》われます。

耕平《こうへい》は毎晩《まいばん》地区《ちく》センターに集《あつ》まって、きつね踊《おど》りの練習《れんしゅう》をつづけてきました。もう二か月《げつ》になります。祭《まつ》りの初日《しょにち》に、きつね踊《おど》りが鬼頭神社《おにがしらじんじゃ》の境内《けいだい》で奉納《ほうのう》されるのでした。

ハネ、ヒネリ、オガミ、ナキ、イノリ……などの所作《しょさ》を、物語《ものがたり》に合《あ》わせて踊《おど》るのです。耕平《こうへい》は、きつね踊《おど》りなど大《だい》きらいでした。ダサイし、ばかばかしい感《かん》じがします。それに、はずかしい。できればやりたくないのですが、集落《しゅうらく》にいる子《こ》どもは数人《すうにん》のため、いやおうなく耕平《こうへい》におはちがまわってきました。

きつね踊《おど》りは動《うご》きがとてもはげしく、踊《おど》り狂《くる》うなどともいわれているほどです。二か月練習《げつれんしゅう》をつづけてようやくひととおりの踊《おど》りを覚《おぼ》えましたが、気持《きも》ちが入《はい》らないので、耕平《こうへい》はいつも怒《おこ》られているのでした。

八月十三日《がつにち》、祭《まつ》りの日《ひ》がやってきました。朝早《あさはや》くに村《むら》の人《ひと》たちは鬼頭神社《おにがしらじんじゃ》に集《あつ》まりました。神主《かんぬし》が祝詞《のりと》をあげたあとに、いよいよ耕平《こうへい》の出番《でばん》となりました。耕平《こうへい》は、銀《ぎん》のような明《あか》るいねずみ色《いろ》の衣装《いしょう》をつけ、はじめてきつねの面《めん》をつけました。木製《もくせい》の白《しろ》っぽいきつね面《めん》です。笛《ふえ》・鉦《かね》・太鼓《たいこ》が鳴《な》りひびき、謡《うたい》がしずしずと吟《ぎん》じられました。

最初《さいしょ》はゆっくりと、そのうちにはげしい動《うご》きもくわわるようになりました。舞《ま》い踊《おど》るうちに、耕平《こうへい》は、体《からだ》の中《なか》にふしぎな感《かん》じを持《も》ちました。まるで、なにかが体《からだ》の中《なか》に入《はい》ってきて、そのなにかが、手足《てあし》を動《うご》かしているようなのです。はげしい動《うご》きもすこしも苦《く》ではなく、ひとつの所作《しょさ》がきまると、体《からだ》に力《ちから》がやどり、次《つぎ》の所作《しょさ》にむかわせます。よろこびやいかりや、なげきが、耕平《こうへい》の中《なか》にうずまいているようでした。

耕平《こうへい》はへんな気分《きぶん》になってきました。だんだんと自分《じぶん》はきつねになっていくようなのです。意識《いしき》はあるのに、体《からだ》はのりうつったきつねです。

きつねは、耕平《こうへい》が教《おし》えられた所作《しょさ》とはちがう動《うご》きをするようになりました。くるくるまわったり、頭《あたま》をグイッと近《ちか》づけて、地面《じめん》をかぎまわったりしました。そして、コンと鳴《な》くと、体《からだ》をバネにして、二メートルもとびました。

耕平《こうへい》は、頭《あたま》の中《なか》がまっ白《しろ》になりました。そして、しめなわをはった社殿《しゃでん》のおくのほうに、黒《くろ》い影《かげ》のようなものを感《かん》じました。ゆっくり動《うご》いています。鬼神《おにがみ》がやってきたのでしょうか。きつねはいどむようにはげしく舞《ま》ったのでした。そして、とうとう耕平《こうへい》はたおれました。

耕平《こうへい》は社殿《しゃでん》の中《なか》で気《き》がつきました。きつね面《めん》ははずされています。

社殿《しゃでん》には電気《でんき》が通《とお》っていないので、昼間《ひるま》でもうすぐらいのです。正面《しょうめん》に百本《ひゃっぽん》のろうそくがずらりとともされていました。このろうそくの壁《かべ》のむこうがわは鬼神山《おにがみやま》でした。鬼《おに》頭神社《がしらじんじゃ》のご神体《しんたい》は鬼神山《おにがみやま》なのです。踊《おど》りのさいちゅうに見《み》た黒《くろ》い影《かげ》は、社殿《しゃでん》の中《なか》には見《み》あたりません。こうして、きつね踊《おど》りは終《お》わったのでした。

とっぷりと日《ひ》がくれると、鬼頭神社《おにがしらじんじゃ》に人《ひと》びとは集《あつ》まりはじめました。夜《よる》の祭《まつ》りのはじまりでした。「百《ひゃく》の木札《きふだ》」といわれています。

伝来《でんらい》によれば、千年《せんねん》の昔《むかし》、人《ひと》びとはこの世界《せかい》に災《わざわ》いをもたらすものを、みずからの手《て》で作《つく》りだしてしまいました。地球上《ちきゅうじょう》の生《い》きものにとって、鬼《おに》となるものです。鬼神山《おにがみやま》の地下深《ちかふか》くには、いつあばれだすかわからないそれが、ねむっているというのです。

おろかさをわすれないために、怖《こわ》い話《はなし》や、おろかしい話《はなし》や、ふしぎな話《はなし》などを二十話《わ》ずつ、五日間《いつかかん》にわたって、鬼頭神社《おにがしらじんじゃ》に奉納《ほうのう》することにしたのでした。それが「百《ひゃく》の木《き》札《ふだ》」で、木札《きふだ》には一から百《ひゃく》までの数字《すうじ》があり、一話終《わお》わるごとに木札《きふだ》は、ひっくりかえされました。

百《ひゃく》のろうそくは、一話語《わかた》られるごとに、ひとつ消《け》されます。だんだん短《みじか》くなったろうそくの火《ひ》はつぎたされ、五日目《いつかめ》の深夜《しんや》に最後《さいご》のひとつがふき消《け》されたとき、鬼《おに》がやってくるともいわれています。

ろうそくがひとつ消《き》え、ふたつ消《き》え、闇《やみ》の世界《せかい》が濃《こ》くなるときに、それにあらがい拮《きっ》抗《こう》させるものが「百《ひゃく》の木札《きふだ》」でした。木札《きふだ》には一から百《ひゃく》までの数字《すうじ》とともに、草木《くさき》や虫《むし》や動物《どうぶつ》などが彫《ほ》られていました。

フッとろうそくが消《け》されたとき、パチンと木札《きふだ》はかえされます。闇《やみ》と木札《きふだ》のせめぎ合《あ》いがくりかえされるのでした。

耕平《こうへい》は、「百《ひゃく》の木札《きふだ》」にも参加《さんか》して、百話目《ひゃくわめ》の、闇《やみ》をおさめるための怖《こわ》い話《はなし》を語《かた》る予《よ》定《てい》です。

ふふふっ、いかがでしたか？
「百物語《ひゃくものがたり》」について、ご理解《りかい》いただけましたでしょうか？
そういえば――。
申《もう》しわすれましたが、
もう、「百物語《ひゃくものがたり》」は始《はじ》まっております。
どうぞ、一《ひと》つ目《め》のロウソクを、
ふう～っと、お消《け》しください。

今宵《こよい》ひらきますのは、「絶叫《ぜっきょう》のとびら」。

思《おも》わず叫《さけ》んでしまう、怖《こわ》い怖《こわ》い話《はなし》の数《かず》かずを、
ご用意《ようい》しました。どうぞお楽《たの》しみください。

もくじ

第《だい》2話《わ》

飛《と》び火《ひ》

前田《まえだ》　栄一《えいいち》

テレビ画面《がめん》に火災《かさい》のようすがうつしだされていた。燃《も》えているのは民家《みんか》だった。二階《かい》から火《ひ》の手《て》があがっていて、夜空《よぞら》をこがしていた。闇《やみ》の中《なか》でうごめく影《かげ》がいくつもある。野次馬《やじうま》だろう。それを整理《せいり》する警官《けいかん》たち。必死《ひっし》で消火活動《しょうかかつどう》をする消防隊《しょうぼうたい》。

いつものニュースとちがってだいぶ映像《えいぞう》がよくないなと拓海《たくみ》が思《おも》っていると、画面《がめん》の右上《みぎうえ》に「視聴者提供映像《しちょうしゃていきょうえいぞう》」とあるのに気《き》づいた。現場《げんば》にいただれかが火事《かじ》のようすをスマホで撮《と》ってテレビ局《きょく》にわたしたのだろう。

「ちっ」

舌打《したう》ちをしたのは父親《ちちおや》の哲也《てつや》だった。

「こいつら、頭《あたま》おかしいんじゃないのか。火事場見物《かじばけんぶつ》に行《い》って、その上《うえ》それをスマホで

撮《と》るなんて。自分《じぶん》が事件現場《じけんげんば》にいあわせた記念撮影《きねんさつえい》のつもりなのかね。この事件《じけん》、人《ひと》が亡《な》くなっているんだろ。この火《ひ》の中《なか》に人《ひと》がいるんだろ。報道関係者《ほうどうかんけいしゃ》でもないのにカメラをむけるなんてどういう神経《しんけい》しているんだ？」

拓海《たくみ》は画面《がめん》を見《み》ながら父親《ちちおや》の言葉《ことば》を聞《き》いて小《ちい》さくうなずいた。父親《ちちおや》のいうことは正《ただ》しい。自分《じぶん》は安全《あんぜん》なところにいて、人《ひと》の不幸《ふこう》をショーのように見物《けんぶつ》するのは人《ひと》としてどうだろう。

「ここ、家《いえ》の近《ちか》くね」

母親《ははおや》の美香《みか》がいうと、弟《おとうと》の翔太《しょうた》が興奮《こうふん》ぎみに、

「昨日《きのう》のサイレン、これだったんだ」

翔太《しょうた》は朝食《ちょうしょく》のパンを手《て》に持《も》ったまま口《くち》にはつけず、テレビにくぎづけだった。その瞳《ひとみ》には、うねりながら建物《たてもの》をなめ、天《てん》へたちのぼる炎《ほのお》があった。

火事場《かじば》の野次馬《やじうま》はほかの事件《じけん》の野次馬《やじうま》とはちがい、一定《いってい》の時間《じかん》がたっても過《す》ぎさることなくどんどん増《ふ》えていくというのを、拓海《たくみ》は本《ほん》で読《よ》んだのを思《おも》いだした。火《ひ》は人《ひと》をひきつける。非常《ひじょう》に危険《きけん》なものなのだ。

拓海《たくみ》が中学校《ちゅうがっこう》の教室《きょうしつ》に入《はい》ると、すみに人《ひと》だかりができていた。その中心《ちゅうしん》にいるらしい人物《じんぶつ》の早口《はやくち》にまくしたてる声《こえ》や、まわりの人間《にんげん》のざわめき、感嘆《かんたん》の声《こえ》が聞《き》こえてきた。

「誠《まこと》、これやばいな」

「この映像《えいぞう》、おれもテレビで見《み》たよ」

「おれもスマホ持《も》って行《い》けばよかった」

「たまたまだったんだよ。塾《じゅく》の帰《かえ》りに家《いえ》のほうでサイレンが聞《き》こえて、家《いえ》に近《ちか》いなと思《おも》っていたら、ほんとうに近所《きんじょ》だったんだ。しっている人《ひと》の家《いえ》が燃《も》えていた。その家《いえ》のお父《とう》さんが、家《いえ》に子《こ》どもがいるって叫《さけ》んでいるんだよ」

で、知《し》り合《あ》いの人《ひと》が困《こま》っているようすをスマホで撮《と》っていたのか。拓海《たくみ》は心《こころ》の中《なか》で毒《どく》づいた。

「事件現場《じけんげんば》の映像《えいぞう》ってテレビ局《きょく》の人《ひと》が買《か》うっていうのを聞《き》いたことがあったから、おれはスマホで撮《と》ったんだ。で、その映像《えいぞう》がこれ。テレビにうつったやつ」

誠《まこと》はとくいげに自分《じぶん》のスマホをかかげていた。ディスプレイには遠目《とおめ》にも炎《ほのお》がうずまいているのがわかる。拓海《たくみ》の頭《あたま》の中《なか》には、今朝《けさ》の父親《ちちおや》の言葉《ことば》があった。その火《ひ》の中《なか》には人《ひと》がいる。助《たす》けをもとめて苦《くる》しんでいる。ましてや誠《まこと》にとっては、近所《きんじょ》の知《し》り合《あ》いなんだろう……。

「みんな、この動画《どうが》いる？　よかったらデータ送《おく》るよ」

数人《すうにん》が「たのむよ」と手《て》をあげた。「おれ、スマホ持《も》っていないからなぁ」と悔《くや》しそうにいうものもいる。

やれやれ、こいつらみんなおかしい。その火《ひ》の中《なか》には人《ひと》がいるんだぞ。

それから、三日後《みっかご》の放課後《ほうかご》だった。バスケ部《ぶ》の練習《れんしゅう》が終《お》わってくたくたで、拓海《たくみ》は重《おも》い足《あし》どりで家《いえ》に帰《かえ》るとちゅうだった。すると、うしろから声《こえ》がした。

「おーい、拓海《たくみ》、まってくれよ」

ふりむくと、誠《まこと》がかけよってきていた。なにかと思《おも》い、拓海《たくみ》はたちどまった。

「まってくれよ」

おいついた誠《まこと》はあえぎあえぎいった。

「話《はなし》があるんだ」

「なに？　おれ、塾《じゅく》があるんだけど」

火事《かじ》の動画《どうが》の件《けん》で誠《まこと》には軽《かる》い反感《はんかん》を持《も》っていたので、そっけなく返事《へんじ》をした。

「おまえ以外《いがい》に話《はな》せないことなんだよ。な、たのむ。話《はなし》だけでも聞《き》いてくれ」

「あのさ、悪《わる》いけど、秘密《ひみつ》の話《はなし》をするほどおれたち仲《なか》がよかったたっけ？」

「そんなこというなよぉ。こっちは必死《ひっし》なんだから」

拓海《たくみ》はじっと誠《まこと》の顔《かお》を見《み》た。たしかに、必死《ひっし》で人《ひと》にたよろうとしている表情《ひょうじょう》にも見《み》える。が、人《ひと》をかつごうとしている表情《ひょうじょう》のようにも見《み》える。

「ちっ」

うたがうのがめんどうになったので、拓海《たくみ》は誠《まこと》につきあうことにした。

「わかった。あそこの公園《こうえん》で話《はなし》を聞《き》くよ」

「ありがとう」

二人《ふたり》はすぐ近《ちか》くの公園《こうえん》にむかった。

「ありがとうな、ほんとうに」

公園《こうえん》につくと、誠《まこと》は自動販売機《じどうはんばいき》でジュースを買《か》い、拓海《たくみ》にわたした。

「ああ、ありがとう。それで、話《はなし》ってなんだよ」

「ああ」誠《まこと》は目《め》をふせた。「怒《おこ》らないで聞《き》いてくれよ、あの火事《かじ》の動画《どうが》のことなんだ」

拓海《たくみ》の表情《ひょうじょう》が険《けわ》しくなったのを見《み》てとって、

「怒《おこ》らないで聞《き》いてくれよ。おれ、ほんとうに困《こま》っているんだ。おまえにしか相談《そうだん》できないんだよ」

「わかったから話《はな》せよ」

誠《まこと》は意《い》を決《けっ》したように口《くち》をひらき、話《はなし》をはじめた。

「動画《どうが》を撮《と》った翌日《よくじつ》の晩《ばん》にしらない番号《ばんごう》から電話《でんわ》がかかってきたんだ。気持《きも》ち悪《わる》いから無視《むし》していたら、なんどもかかってくる。それで、しかたなくかけなおしたら、『この番号《ばんごう》は現在《げんざい》つかわれていません』て……」

動画《どうが》で注目《ちゅうもく》されたことにあきたらず、こんどは怪談話《かいだんばなし》をでっちあげたのかと思《おも》い、拓《たく》海《み》は冷《ひ》ややかな目《め》で誠《まこと》を見《み》た。

「そんな目《め》で見《み》るなよ、ほんとうなんだから」

「まぁ、つづけなよ」

「ほんとうに最後《さいご》まで聞《き》いてくれよ」

「わかったから、早《はや》くしろ」

拓海《たくみ》はもらったジュースをひと息《いき》に飲《の》んだ。

「それで、おれ、気味《きみ》が悪《わる》くなってその番号《ばんごう》を着信拒否《ちゃくしんきょひ》に設定《せってい》したんだけど、それでもまたかかってくる。こんどは留守電《るすでん》にメッセージだ。メッセージを聞《き》いたら……」

「聞《き》いたら？」

「『助《たす》けてぇ、熱《あつ》いよぉ、見《み》ているだけじゃなくて助《たす》けてぇ』って入《はい》っていた」

「で、そのメッセージは？　聞《き》かせてみろよ」

「いや、やめたほうがいいよ。この世《よ》のものとは思《おも》えないものだから」

拓海《たくみ》はしらけた気持《きも》ちになり、

「ジュースごちそうさん。おもしろい話《はなし》をありがとう」

「拓海《たくみ》！」

「おまえさ、なんでこんな話《はなし》、おれにしたの？　はっきりいっておれ、おまえが他人《たにん》の不幸《ふこう》を動画《どうが》に撮《と》って、みんなにばらまいて、調子《ちょうし》にのっているの、かなりムカついているんだけど」

「だからだよ、おまえが動画《どうが》のデータを持《も》っていない数少《かずすく》ないやつだから。きっとあれはあの火事《かじ》で死《し》んだ子《こ》どもの呪《のろ》いなんだ。炎《ほのお》に苦《くる》しんでいる自分《じぶん》をおもしろがって撮《と》っていたおれに怒《おこ》ったんだよ。おれ、とんでもないものをバラまいちゃったんじゃないかな。だから、これ以上人《いじょうひと》にデータを送《おく》らないようみんなにいってほしいんだ。おまえのいうことなら、みんな聞《き》くと思《おも》うし。データを広《ひろ》めたおれがいうのもなんだし」

「おまえのつまらない怪談話《かいだんばなし》をつけてか？　いやだね。おまえ、その怪談話《かいだんばなし》をおれに広《ひろ》めさせるつもりだろ？　そんで、そんなデタラメを必死《ひっし》でみんなに話《はな》しているおれを笑《わら》うつもりだろ？」

拓海《たくみ》はそういうと、空《あ》き缶《かん》をゴミ箱《ばこ》にシュートして、誠《まこと》を背《せ》にし、家《いえ》にむかった。

その誠《まこと》が死《し》んで、一週間《しゅうかん》がたった土曜《どよう》の午後《ごご》である。

公園《こうえん》で二人《ふたり》が話《はなし》をして数日後《すうじつご》に、誠《まこと》は死《し》んだ。死因《しいん》は全身火傷《ぜんしんやけど》だった。自宅《じたく》が火事《かじ》になったのだ。警察《けいさつ》は連続放火《れんぞくほうか》をうたがい捜査《そうさ》をはじめていた。

拓海《たくみ》は制服《せいふく》すがたのまま居間《いま》のソファにすわっていた。午前中《ごぜんちゅう》にバスケ部《ぶ》の練習《れんしゅう》があり、つかれていた。食事《しょくじ》をとる気《き》にもなれず、水筒《すいとう》ののこりをコップに入《い》れて、一口《ひとくち》、二口《ふたくち》飲《の》んでいた。

両親《りょうしん》はそろって買《か》い物《もの》に行《い》っているようで、おなじ中学校《ちゅうがっこう》にかよう弟《おとうと》は野球部《やきゅうぶ》の練習《れんしゅう》が長引《ながび》いていてまだ帰《かえ》っていない。

一人《ひとり》になると、あの日《ひ》の話《はなし》を思《おも》いだしてしまう。誠《まこと》はほんとうのことをいっていたのだろうか。そんなことはありえない。火事《かじ》の動画《どうが》にくいつかない拓海《たくみ》に腹《はら》をたて、でっちあげの話《はなし》をして怖《こわ》がらせようとしたのだろうか。それとも、自分《じぶん》の良心《りょうしん》の責《せ》めから、幻聴《げんちょう》でも聞《き》いたのかもしれない。もしそうならば、あんなふうにつきはなしたのは少《すこ》しかわいそうだった気《き》がする。

でも、誠《まこと》は現実《げんじつ》に火事《かじ》で死《し》んでいる。先《さき》の火事《かじ》で死《し》んだ子《こ》どもの呪《のろ》いなのだろうか。そんなことはありえない。まさか、自分《じぶん》の怪談話《かいだんばなし》をほんとうらしくするために、自分《じぶん》で家《いえ》に火《ひ》をつけて、その火《ひ》が誤《あやま》って大《おお》きくなり死《し》んでしまったんじゃないか……。そんなばかな。

いろいろと考《かんが》えるが、けっきょくあの日冷《ひつめ》たくしたことが頭《あたま》にこびりついている。たいして仲《なか》はよくなかったけど、最後《さいご》にかわした言葉《ことば》があんなにつっけんどんだったことは後悔《こうかい》される。

テレビをつける気《き》にもなれず、そんなふうに物思《ものおも》いにふけっていると、スマホの着信《ちゃくしん》音《おん》が鳴《な》った。ディスプレイに目《め》をやると、「りっくん」とでていた。バスケ部《ぶ》の友《とも》だち、内藤陸《ないとうりく》だ。

「りっくん、なに？　今日《きょう》の練習《れんしゅう》はホントにきつかったねぇ」

陸《りく》は答《こた》えなかった。

「もしもし、もしもし？　どうしたの？　電波《でんぱ》悪《わる》いの？」

「あのさ……」

小《ちい》さな声《こえ》が聞《き》こえてきた。

「うん？」

「聞《き》いてほしいことがあるんだけど」

「なに？　あらたまって。好《す》きな子《こ》に告白《こくはく》するとか、そういう話《はなし》？」

「ちがうよ……。そんな話《はなし》じゃない。いやな話《はなし》」

「ううん……。聞《き》きたくないけど、りっくんが聞《き》いてほしいっていうなら、聞《き》くよ」

「たのむよ。もう自分《じぶん》だけでかかえられないんだ」

「早《はや》く話《はな》しなよ」

「わかった。誠《まこと》の話《はなし》なんだ。これは誠《まこと》から直接《ちょくせつ》聞《き》いた話《はなし》。あいつの死《し》に、たぶん関係《かんけい》ある話《はなし》。誠《まこと》が火事《かじ》の動画《どうが》撮《と》ったろ？」

いやな予感《よかん》がした。

「うん」

「動画《どうが》を撮《と》った翌日《よくじつ》の晩《ばん》にしらない番号《ばんごう》からかかってきたんだって。気持《きも》ち悪《わる》いからとらなかったら、なんどもかかってきたんだって。それで、しかたなくかけなおしたら、『この番号《ばんごう》は現在《げんざい》つかわれておりません』てテープが流《なが》れて……」

拓海《たくみ》の眉間《みけん》に冷《つめ》たい汗《あせ》がながれた。

「拓海《たくみ》、信《しん》じてくれよ。誠自身《まことじしん》がそういったんだ」

それから、陸《りく》は、誠《まこと》が拓海《たくみ》にした話《はなし》をそっくりそのまましました。

「それで？　りっくん、なんでそんな話《はなし》をするの？」

陸《りく》はそれには答《こた》えず、

「これ、あの火事《かじ》で死《し》んだ子《こ》どもの呪《のろ》いじゃないかな。炎《ほのお》に苦《くる》しんでいる自分《じぶん》をおもしろがって撮《と》っていたやつらに怒《おこ》った子《こ》どもの」

「りっくん、考《かんが》えすぎだよ。冷静《れいせい》に考《かんが》えて、呪《のろ》いなんか」

「そう思《おも》うだろ？　でも、おれのスマホにもおなじ番号《ばんごう》からかかってきたんだ」

「りっくんもあの動画《どうが》のデータ送《おく》ってもらったの？」

「う……ん」

「りっくん……」

拓海《たくみ》は正直《しょうじき》がっかりした。陸《りく》とはけっこう仲《なか》よしで、裏表《うらおもて》のない明《あか》るい性格《せいかく》が好《す》きだった。それが人《ひと》ひとり亡《な》くなった火事《かじ》の動画《どうが》を見《み》るような趣味《しゅみ》があったなんて。

「心配《しんぱい》なら動画《どうが》を消《け》せば？」

「やったよ。でもだめなんだ。消《け》せないんだ」

「いっそのことスマホを捨《す》てちゃえば。川《かわ》かどこかに。機種変《きしゅへん》するって手《て》もある」

「やったよ。川《かわ》に捨《す》てた。家《いえ》に帰《かえ》ってきたら、捨《す》てたはずのスマホが机《つくえ》の上《うえ》にあった。

機種変《きしゅへん》か。それはいいかもな」

「りっくん、悪《わる》いけど、おれにはなにもできないみたいだよ」

いたずらかもしれないというウワサが消《け》せず、拓海《たくみ》はそういった。誠《まこと》はみんなを怖《こわ》がらせるために、データを送《おく》った人《ひと》にもあの怪談話《かいだんばなし》をした。それを聞《き》いた友人《ゆうじん》が今連鎖《いまれんさ》的《てき》にいたずらをしている。そう思《おも》おうとした。

「いいんだ。話《はなし》を聞《き》いてもらいたかっただけだから。あれ、なんだかスマホが熱《あつ》い」

「つかいすぎじゃないの？　それともどっかの国《くに》のスマホみたいに不良品《ふりょうひん》なんじゃ？」

「ちがうよ！　あれっ、ほんとうに熱《あつ》いっ！　火《ひ》？　火《ひ》だ！」

「もしもしっ？　りっくん！　だいじょうぶっ？」

答《こた》えはなかった。陸《りく》はスマホを手《て》からはなしたようだ。

「もしもしっ？」

悲鳴《ひめい》が聞《き》こえた。

そのあとすぐにぷつりと回線《かいせん》が切《き》れた。

拓海《たくみ》はスマホをテーブルにおいた。そして、決心《けっしん》した。

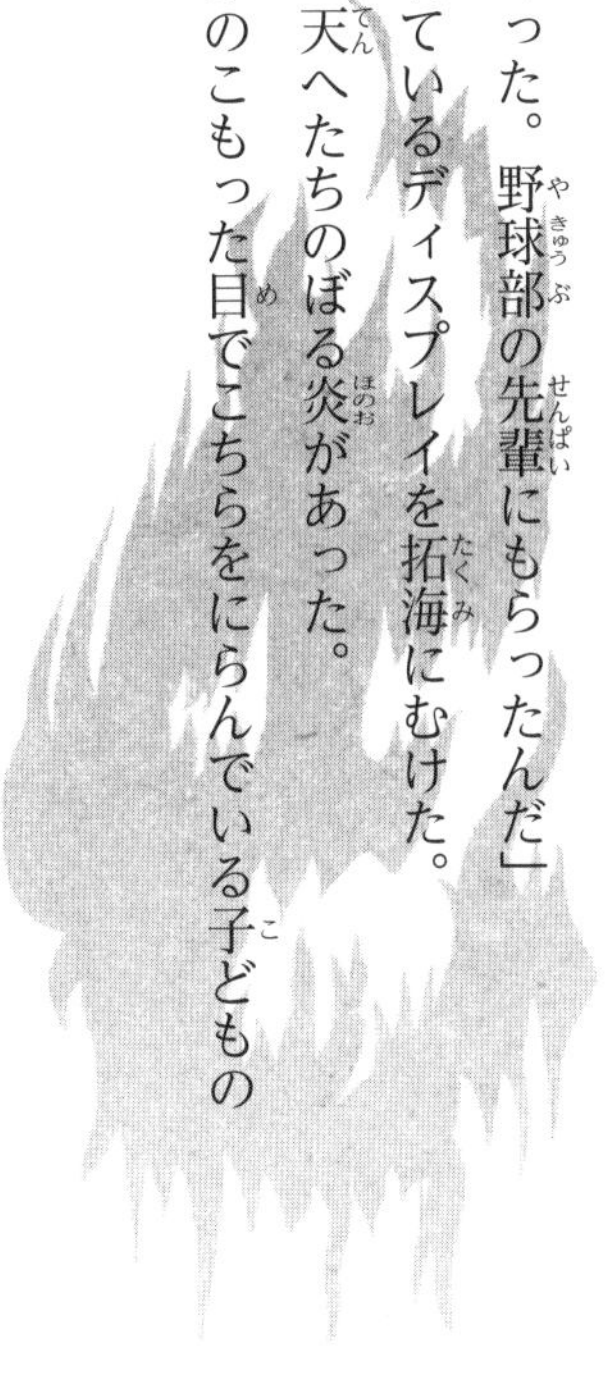

自転車《じてんしゃ》でひとっ走《ぱし》り陸《りく》の家《いえ》に行《い》こう。もしいたずらとわかれば、それでいいじゃないか。息《いき》せき切《き》って陸《りく》の家《いえ》にかけつけた拓海《たくみ》を、そこで待《ま》っていたみんなが笑《わら》う。それから、呪《のろ》われた友人《ゆうじん》を心配《しんぱい》した拓海《たくみ》の厚《あつ》い友情《ゆうじょう》にジュースで乾杯《かんぱい》だ。笑《わら》ってすませられる。いたずらだと決《き》めつけてつきはなすのはもうごめんだ。

そう思《おも》って家《いえ》を出《で》ようとソファから立《た》ちあがったとき、玄関《げんかん》のとびらがひらいた。

「ただいま」

弟《おとうと》の声《こえ》だった。つづいて居間《いま》にむかってくるドタドタという足音《あしおと》が聞《き》こえてきた。

「あ、お兄《にい》ちゃん、いたの？」

居間《いま》に入《はい》るなり翔太《しょうた》はいった。

「お兄《にい》ちゃん、すごいもの手《て》にいれちゃった。野球部《やきゅうぶ》の先輩《せんぱい》にもらったんだ」

翔太《しょうた》はスマホをだし、動画《どうが》が再生《さいせい》されているディスプレイを拓海《たくみ》にむけた。

そこには、うねりながら建物《たてもの》をなめ、天《てん》へたちのぼる炎《ほのお》があった。

そして、拓海《たくみ》には、その炎《ほのお》の中《なか》に怨《うら》みのこもった目《め》でこちらをにらんでいる子《こ》どもの顔《かお》が見《み》えるようだった。

第《だい》3話《わ》

花守《はなも》りじいさん

相原《あいはら》　かよこ

学校《がっこう》の帰《かえ》りに、いつも通《とお》る公園《こうえん》がある。その公園《こうえん》には、ちょっとした有名人《ゆうめいじん》がいるのだ。

その名《な》も、『花守《はなも》りじいさん』。

そのおじいさんは、いつも公園《こうえん》のすみにあるベンチに、一人《ひとり》のんびりとすわっている。脇《わき》にはきまって、ピンク色《いろ》のプラスチックのじょうろ。もちろん、水《みず》やりのためだ。というのも、このおじいさんは、ベンチのうしろに作《つく》られた花《か》だんの世話《せわ》をしているからだ。それも、一日中《にちじゅう》、つきっきりで。

だれかがおじいさんに、どうして一日中《にちじゅう》花《か》だんのそばにいるのかたずねたところ、おじいさんはいつものにこにこ顔《がお》を、ほんの少《すこ》しくもらせて、こういったらしい。

「ちゃあんと見張《みは》ってないと、いたずらされたら困《こま》るからね」

以来《いらい》、ついたあだ名《な》が『花守《はなも》りじいさん』というわけだ。

花守《はなも》りじいさんの花《か》だんには、どんな季節《きせつ》でもきれいな花《はな》たちがゆれていた。いい匂《にお》いのする紫《むらさき》の花《はな》や、変《か》わった形《かたち》の小《ち》さな花《はな》、なかには、めったに見《み》られない幻《まぼろし》の赤《あか》い花《はな》もあるなんてウワサもある。とにかく、おじいさんの花《か》だんにはいろんな花《はな》がたくさん咲《さ》いていた。

中《なか》でも有名《ゆうめい》なのが、まっ白《しろ》な花《はな》びらをつけるひときわきれいな花《はな》だった。この花《はな》だけは、ふしぎといつでも花《か》だんに咲《さ》いていて、いつからかこのあたりの子《こ》どもたちの間《あいだ》では、この花《はな》をこっそりつんで相手《あいて》におくると、両思《りょうおも》いになれるらしいという話《はなし》が広《ひろ》まっていた。

クラスのほとんどの子《こ》がこの話《はなし》を知《し》っていたし、もちろん、ぼくも去年卒業《きょねんそつぎょう》した姉《ねえ》ちゃんからこの話《はなし》を聞《き》いていた。聞《き》いたときは、信《しん》じていたわけじゃなかった。だけど、ぼくには、どうしてもこの白《しろ》い花《はな》が必要《ひつよう》になってしまったんだ。

そう、ぼくが好《す》きになってしまったのは、よりにもよって学校中《がっこうじゅう》で人気《にんき》ナンバーワンの、坂下《さかした》さん。一方《いっぽう》のぼくはといえば、クラスではたぶん、地味《じみ》なほうから数《かぞ》えたほうがはやい。こんなぼくが坂下《さかした》さんに告白《こくはく》するには、それなりに、いや、ものすごく勇気《ゆうき》が必要《ひつよう》なのだ。そのためなら、おまじないだろうがウワサだろうが、とにかく思《おも》いつくものはなんでもたよってやる、という気持《きも》ちなのである。

だから、ぼくはアキラに協力《きょうりょく》してもらって、今日《きょう》、あの白《しろ》い花《はな》を一輪《りん》、手《て》に入《い》れる作《さく》戦《せん》を立《た》てた。

もうすぐ、アキラがやってきて、おじいさんにケンカを止《と》めてほしいとたのんで、公《こう》園《えん》からつれだしてくれる予定《よてい》だ。そうしたら、ぼくがこのしげみから出《で》ていって、あの花《か》だんのまん中《なか》に咲《さ》いている、白《しろ》い花《はな》を一輪《りん》つんでくる。まさに、完《かん》ぺきな作戦《さくせん》だ。

おっと、アキラが来《き》た。迫真《はくしん》の演技《えんぎ》で、おじいさんのうでをひっぱっている。やがて、おじいさんもあわてたようすで、ベンチを立《た》ちあがって、公園《こうえん》を出《で》る。

よし、今《いま》だ！

ぼくは、勢《いきお》いよくしげみからとびだすと、あわてて花《か》だんにふみいった。だれかに見《み》られたら、怒《おこ》られる。なにより、おじいさんがいつもどってくるかもしれないのだ。ぼくは、一心不乱《いっしんふらん》に花《か》だんの中央《ちゅうおう》までやってくると、息《いき》をつめて白《しろ》い花《はな》に手《て》をのばし、その細《ほそ》いくきにそっと指《ゆび》をかけた。それから、できるだけ根《ね》もとから引《ひ》きぬこうと、しゃがみこんで花《はな》の根《ね》もとに目《め》をやる。

そこで、土《つち》の中《なか》から顔《かお》を出《だ》した少女《しょうじょ》と目《め》があった。

「――ひっ！」

ぼくののどから、悲鳴《ひめい》があがる寸前《すんぜん》。少女《しょうじょ》はうっとり笑《わら》い、それから、大《おお》きな口《くち》をぐわりと広《ひろ》げ――。

「う、うわあぁぁぁ――っ！」

「やれやれ、わしとしたことが、どうやら小学生《しょうがくせい》にいっぱいくわされてしまったようじゃのう。

まったく。あんなにいうておったのに、またイタズラをしよったな。ほんとうにしょうがない子《こ》だねぇ、おまえさんは」

そういいながら、おじいさんは、花《か》だんのまん中《なか》で咲《さ》きほこっているまっ赤《か》な花《はな》にじょうろで水《みず》をやる。

地面《じめん》にそっと出《で》た少女《しょうじょ》の口《くち》が、その水《みず》をうまそうに飲《の》むと、ぺろりと舌《した》なめずりして、また土《つち》の中《なか》へともどっていった。

第《だい》4話《わ》

おだんごさま

軽部《かるべ》　武宏《たけひろ》

「どこかに、珍《めずら》しい虫《むし》、いないかなあ」

いつものように、捕虫網《ほちゅうあみ》を持《も》って公園《こうえん》へむかうと、緑色《みどりいろ》のチョウが、ぼくのほうへ飛《と》んできた。あとを追《お》いかけていくと、一軒《けん》の古《ふる》い家《いえ》の窓《まど》の中《なか》に、消《き》えてしまった。その家《いえ》は、だれも住《す》んでいないようすで、庭《にわ》は荒《あ》れていて、壁《かべ》はツタでおおわれ、割《わ》れた窓《まど》ガラスにクモの巣《す》がはっていたりして、不気味《ぶきみ》な感《かん》じがした。けれども、草《くさ》ぼうぼうの庭《にわ》をよく観察《かんさつ》してみると、見《み》たことのないバッタやカミキリムシなどが、たくさんいたので、ぼくは、とっさに網《あみ》を持《も》つ手《て》をのばした。

「虫《むし》、好《す》きなんか？」

とつぜん、背中《せなか》から声《こえ》がしたので、思《おも》わず、網《あみ》を地面《じめん》に落《お》としてしまった。ふりかえると、まっ白《しろ》い髪《かみ》のお婆《ばあ》さんが、おかめのお面《めん》みたいな顔《かお》でほほえんでいた。ぼくが、珍《めずら》しい虫《むし》を探《さが》していることを伝《つた》えると、お婆《ばあ》さんは、ますます目《め》を細《ほそ》めて手《て》まねきし、ひそひそ声《ごえ》で話《はな》しはじめた。

「それじゃ、いいこと教《おし》えてあげよう。おだんごさまっていってな、ダンゴムシの神《かみ》さまみたいなのが、おるんじゃ。背中《せなか》はふつうのダンゴムシじゃが、ひっくりかえすとぜんぜんちがう。お爺《じい》さんの顔《かお》をしてて、緑色《みどりいろ》をした人《ひと》の手《て》みたいなのが、びっしり生《は》えてるんじゃよ。おだんごさまを見《み》つけた人《ひと》には、奇跡《きせき》がおきるっていわれてるから、みな探《さが》すんじゃが、なかなか見《み》つからない。なにしろダンゴムシ一〇〇万匹《まんびき》のうち、一匹《ぴき》いるかどうかってくらい、めったにいないんじゃ。あたしは、せめて見《み》るだけでもと、願《ねが》ってるんじゃよ。だから見《み》つけたらな、ここに見《み》せにきておくれ」

次《つぎ》の日《ひ》から、空《あ》き地《ち》や雑木林《ぞうきばやし》に行《い》って、石《いし》をひっくりかえしたり、落《お》ち葉《ば》をかきわけたりして、おだんごさまを探《さが》しはじめたけれど、二か月《げつ》たっても、ふつうのダンゴムシしか見《み》つからない。ぼくは、虫《むし》を見《み》つけるのが得意《とくい》だけど、なかなか見《み》つからないので、おだんごさまなんているわけないと思《おも》いはじめていた。そんなときだった。学校《がっこう》からの帰《かえ》り道《みち》、前《まえ》に一度《ど》見《み》た緑色《みどりいろ》のチョウが、また、ぼくのほうへ近《ちか》づいてきた。よく見《み》たくて、上《うえ》をむいたまま追《お》いかけていたら、なにかにつまずいて、思《おも》いきりころんでしまった。

「いたたた……。あれっ？　ここに、こんな大《おお》きな石《いし》あったっけ？」

足《あし》もとを見《み》ると、すいかくらいの大《おお》きさの石《いし》が、道《みち》ばたに落《お》ちていたのだった。

「朝《あさ》、通《とお》ったときには、なかったんだけどなあ」

おだんごさま探《さが》しのくせがついていたぼくは、この石《いし》もひっくりかえしてみた。すると、下《した》から一匹《ぴき》のダンゴムシがはい出《で》てきた。捕《つか》まえて、腹《はら》がわを見《み》てみると……。

「ああっ」

ぼくは思《おも》わず、ダンゴムシを落《お》としそうになった。顔《かお》があって、緑色《みどりいろ》の手《て》がたくさんある。けれども、お爺《じい》さんの顔《かお》ではない。

「お、お婆《ばあ》さん？」

おだんごさまのことを教《おし》えてくれた、白《しろ》い髪《かみ》のお婆《ばあ》さんに、そっくりだ。

「あんときのぼうやか。おだんごさまは見《み》つかったかい？　あたしゃ、爺《じい》さんが、とつぜんいなくなってから、毎日《まいにち》ひとりぼっちで、さびしいのじゃ」

「まだ、見《み》つからないです……」

ぼくが、小《ちい》さい声《こえ》で答《こた》えると、

「そんなことじゃろうと思《おも》ったよ。虫採《むしと》りが得意《とくい》みたいじゃから、おまえにたのんだのに、この役立《やくた》たずめ！　そうじゃ、おまえが、あたしの話相手《はなしあいて》になればよい！　今《いま》から、おまえに奇跡《きせき》がおとずれるのじゃー」

といって、たくさんある緑色《みどりいろ》の手《て》を、ぞわぞわと動《うご》かして、つまんでいたぼくの人《ひと》さし指《ゆび》の先《さき》を、チクっとかむと、般若《はんにゃ》みたいな怖《こわ》い顔《かお》になって、

「お、だ、ん、ご、さ、ま、になってしまえ～」

と、しわがれ声《ごえ》で叫《さけ》んだ。すると、ぼくの体《からだ》はみるみるうちに小《ちい》さく、丸《まる》くなり、手《て》は緑色《みどりいろ》になってしまった。ぼくより大《おお》きなハサミムシが、まっ黒《くろ》い大《おお》きな目《め》で、こっちを見《み》ている。大《おお》きなコオロギも近《ちか》づいてくる。

「うわー、こんなのやだよー、もとにもどしてよおー」

ぼくは叫《さけ》んだ。

第《だい》5話《わ》 くろぼうさん

草下《そうか》 あきら

その夜《よる》、友也《ともや》はひとりで、住宅街《じゅうたくがい》と大通《おおどお》りのあいだの細《ほそ》い道《みち》を歩《ある》いていた。

周囲《しゅうい》は田《た》んぼで、民家《みんか》はない。街灯《がいとう》が立《た》っている三か所《しょ》以外《いがい》、すべてが闇《やみ》に沈《しず》んでいる。

学校《がっこう》からの登下校時《とうげこうじ》もここを通《とお》るが、そのときはまだ明《あか》るいし、近所《きんじょ》に住《す》む背《せ》の低《ひく》いおばあちゃんがいて、あいさつしてくれるから怖《こわ》くない。今日《きょう》のような塾《じゅく》の帰《かえ》り道《みち》だって、いつもなら平気《へいき》だ。仲《なか》よしの翔太《しょうた》とケンカして、ひとりで出《で》てこなければ……。

「……怖《こわ》いもんか。翔太《しょうた》なんかいなくたって、ひとりだってへっちゃらさ!」

気分《きぶん》をまぎらわそうと、声《こえ》に出《だ》していってみる。それでも、心細《こころぼそ》さはぬぐいきれない。

しかも、こんなときにかぎって、よけいなことを思《おも》いだしてしまうのだ。

「暗《くろ》うなったら、田《た》んぼにゃ近《ちか》づいちゃおえん。くろぼうさんにつれていかれるど」

死《し》んだひいばあちゃんによくいわれたこと。

（――バカバカしい。あんなの、どうせ、ひいばあちゃんの作《つく》り話《ばなし》にきまってるんだから……）

もくもくと歩《ある》きつづけ、最初《さいしょ》の街灯《がいとう》の下《した》まできた。

ぽっかりと丸《まる》い光《ひかり》の中《なか》に入《はい》ると、びくびくしていた心《こころ》が少《すこ》し落《お》ちつく。立《た》ちどまり、ひと息《いき》ついて、なにげなくまわりを見《み》まわしてみた。

（……？）

ずっと遠《とお》くの田《た》んぼに、なにか立《た》っている。

まわりの闇《やみ》よりもっと黒《くろ》い、縦《たて》に細長《ほそなが》い影《かげ》。

（電柱《でんちゅう》？　いや、それにしては低《ひく》すぎる。自分《じぶん》とおなじ、通《とお》りすがりのだれかだろうか。でも、だったらどうして、田《た》んぼの中《なか》なんかにじっと立《た》ってるんだろう）

背筋《せすじ》が、すうっと寒《さむ》くなる。

（……よけいなこと考《かんが》えないで、早《はや》く帰《かえ》ろう）

ふたたび闇《やみ》の中《なか》にふみだした。前《まえ》だけ見《み》るようにして、さっきよりも早足《はやあし》で。

（……べつに、怖《こわ》くなんてないさ。あれがなんだろうと、あんなに遠《とお》くにあるんだから）

やがて二番目《ばんめ》の街灯《がいとう》までできた。中間地点《ちゅうかんちてん》だ。

（ほら、やっぱり、なにもおきないじゃん）

はずんだ息《いき》を整《ととの》えようと、軽《かる》く深呼吸《しんこきゅう》する。

「……ん？」

むっと、においがした。

（これは――土《つち》だ。湿《しめ》った土《つち》のにおい）

今《いま》までしなかったのに、どこから？　反射的《はんしゃてき》に、視線《しせん》が田《た》んぼのほうへむいた。

「……………！」

瞬間《しゅんかん》、固《かた》まった。

街灯《がいとう》の光《ひかり》の輪《わ》の外《そと》に、あの影《かげ》が立《た》っている。

（な、なんで？）

目《め》だけを動《うご》かして、さっきまであれが見《み》えていた場所《ばしょ》を見《み》た。果《は》たしてそこには、なにもない。

（いったいなんなんだよ、あれ……！）

高《たか》さは大人《おとな》の背丈《せたけ》とおなじくらいだが、上《うえ》から下《した》までおなじ幅《はば》で、頭《あたま》も手足《てあし》もない。たとえるなら、そう、まっ黒《くろ》な棒《ぼう》のような……。

（もしかして……くろぼうさん？）

その考《かんが》えが頭《あたま》に浮《う》かんだとたん、全身《ぜんしん》の体温《たいおん》が、一気《いっき》に下《さ》がっていくような気《き》がした。

視線《しせん》の先《さき》の黒《くろ》い影《かげ》は、音《おと》もなく、ただひっそりと立《た》っている。それが、むしろ恐《おそ》ろしい。

（……とにかく、いっこくも早《はや》く、この道《みち》をぬけなきゃ。とまらないで、よそ見《み》しないで……）

固《かた》まった足《あし》と視線《しせん》をむりやり動《うご》かして、友也《ともや》は歩《ある》きはじめた。

じめじめとした土《つち》のにおいが、体《からだ》に染《し》みこんでくるようだ。鼓動《こどう》がどんどん早《はや》くなる。

最後《さいご》の街灯《がいとう》が近《ちか》づいてきた。

光《ひかり》の中《なか》に入《はい》っても、こんどは立《た》ちどまらなかった。ひょろ長《なが》くのびた自分《じぶん》の影法師《かげぼうし》が、背後《はいご》から前《まえ》へ、じりじりと動《うご》いていく。

街灯《がいとう》の前《まえ》を通《とお》りぬけたとき――ずうっ。

ふいに暗《くら》くなり、影法師《かげぼうし》が大《おお》きくふくらんだ。ちがう。もっと大《おお》きな影《かげ》にのみこまれたのだ――自分《じぶん》のすぐそばにいる、なにかの影《かげ》に。

あっまずい、と思《おも》うより早《はや》く、そちらをむいてしまった。

視界《しかい》いっぱいに広《ひろ》がる、夜《よる》の闇《やみ》より濃《こ》い黒《くろ》。むわっと押《お》しよせてくる、強烈《きょうれつ》な土《つち》のにおい。

まっ黒《くろ》な棒《ぼう》が、すぐ真横《まよこ》につっ立《た》っていた。

「うわあ！」

友也《ともや》は思《おも》わず、走《はし》りだした。

その横《よこ》にぴたりとくっついて、黒《くろ》い棒《ぼう》も動《うご》きだした。まっすぐに立《た》った形《かたち》のまま、ツツーッと、滑《すべ》るように平行移動《へいこういどう》してくる。じっとりした土《つち》のにおいをふりまきながら。

引《ひ》きはなせないどころか、追《お》いぬかれそうだ。

（早《はや》く！　早《はや》く！　とにかく道《みち》をぬけなきゃ！）

道《みち》の終《お》わりが見《み》えてきた。大通《おおどお》りの交差点《こうさてん》。信号《しんごう》はないが、左右《さゆう》を確認《かくにん》するよゆうはない。

となりにいるモノに追《お》われるまま、友也《ともや》は交差点《こうさてん》につっこんで――。

「おーい、トモー！」

（――！　この声《こえ》は、翔太《しょうた》だ！）


ブロロロォオオオン！


思《おも》わず足《あし》をとめた瞬間《しゅんかん》、目《め》の前《まえ》を大型《おおがた》トラックが猛《もう》スピードで通過《つうか》していった。

（間一髪《かんいっぱつ》だ。もし、とびこんでたら……）

「トモー！」

ぼうぜんと立《た》ちつくす友也《ともや》のとなりに、カバンをぶんぶんふりまわしながら翔太《しょうた》が走《はし》ってきた。

「ふぅ、追《お》いついてよかったぁ。ほら……その、今日《きょう》のこと、あやまっとこうと思《おも》ってさ」

真横《まよこ》の黒《くろ》い棒《ぼう》は、いつのまにか消《き》えていた。

息《いき》がつまりそうな土《つち》のにおいも。

「……いや、こっちこそ悪《わる》かった。ごめん」


それから数日《すうじつ》たった放課後《ほうかご》、友也《ともや》は仲《なか》なおりした翔太《しょうた》とふたりで、例《れい》の細道《ほそみち》を歩《ある》いていた。

「そういやトモ、しってる？」

ふいに翔太《しょうた》が、思《おも》いだしたようにいった。

「いつもここにいたばあちゃん、行方不明《ゆくえふめい》になってるんだって」

「えっ、ホント？」

友也《ともや》は驚《おどろ》いた。たしかに最近見《さいきんみ》かけないので、不審《ふしん》に思《おも》っていたが……。

「いつから？」

「ほら、こないだオレたちケンカしたじゃん。あの日《ひ》の夜遅《よるおそ》くに、畑《はたけ》に道具《どうぐ》をわすれてきたっていって外《そと》に出《で》て、それっきりなんだってよ」

夜《よる》に外《そと》へ？　友也《ともや》の胸《むね》が、ドキッとする。

「ちょうどそのころ、田《た》んぼのほうで悲鳴《ひめい》がしたってウワサもあるし、もしかしたら誘拐《ゆうかい》かもな。心配《しんぱい》だよなー、いい人《ひと》だったのに」

ふたりはほとんど道《みち》をぬけて、大通《おおどお》りの前《まえ》まできていた。安全確認《あんぜんかくにん》のために立《た》ちどまったとき、ふと土《つち》のにおいがした気《き》がして、友也《ともや》はうしろをふりかえった。

夕暮《ゆうぐ》れの薄闇《うすやみ》の中《なか》。

まだ光《ひかり》の灯《とも》っていない街灯《がいとう》のわきに、まっ黒《くろ》な棒状《ぼうじょう》の影《かげ》が——ただし、あの夜見《よるみ》たものよりずっと低《ひく》い影《かげ》が、ひっそりと立《た》っていた。

あっというまに、五《いつ》つの話《はなし》が終《お》わってしまいました。
ご満足《まんぞく》いただいておりますでしょうか？
ふふふっ。
どうぞ、存分《ぞんぶん》にお叫《さけ》びくださいね。

第《だい》6話《わ》

庭《にわ》のすみで育《そだ》つのは

有賀《あるが》　佐知子《さちこ》

初《はじ》めてそれを見《み》たのは、日《ひ》のあたらない裏庭《うらにわ》だった。バケツほどもある大《おお》きな植木鉢《うえきばち》。そこからにょっきりとのびた茎《くき》は、巨大《きょだい》なアスパラガスのようだった。

「母《かあ》さん、庭《にわ》のあれ、なに？」

ベランダで洗濯《せんたく》ものをとりこんでいる母《かあ》さんに聞《き》くと「もらったの」と、そっけない返事《へんじ》。ぽんとタオルを投《な》げてよこして、ため息《いき》をついた。

「タクミ、たたんでよ。忙《いそが》しいんだから」

母《かあ》さんの姉《あね》の、ナツ伯母《おば》さんが入院《にゅういん》した。それから母《かあ》さんは、独身《どくしん》の伯母《おば》さんの世話《せわ》と、自分《じぶん》のパートで大忙《おおいそが》しなのだ。

ぼくはタオルをたたんでから、お膳立《ぜんだ》てをした。今《いま》は晩《ばん》ごはんがレトルトのカレーでもしかたがない。それにしても植木鉢《うえきばち》はりっぱで、ずいぶん重《おも》そうだった。

「病院《びょういん》の洗《あら》い場《ば》で聞《き》かれたの。捨《す》てたいのだけど普通《ふつう》ゴミでいいのかしら？　って」

母《かあ》さんは、ラッキョウをほおばりながらいった。

「へえ、もったいないね」

ぼくはサラダにドレッシングをかける。母《かあ》さんはにやりと笑《わら》った。

「でしょ？　捨《す》てるのなら、くださいって、もらってきちゃった」

母《かあ》さんらしいけれど、鉢《はち》をかかえる元気《げんき》があるなら、もっと食《た》べごたえのあるおかずを買《か》ってきてほしかった。ぼくのお腹《なか》がぐうと鳴《な》る。

「ランかしらね。根《ね》つきの花《はな》は『寝《ね》つく』といってきらわれるのに、お見舞《みま》いなのかな？」

巨大《きょだい》アスパラガスは、どうやらランの花《はな》を切《き》りとったのこりらしい。

けれど母《かあ》さんは、それっきり鉢《はち》のことをわすれてしまった。

この冬最後《ふゆさいご》の雪《ゆき》が、うっすらとつもった日《ひ》、ぼくは鉢《はち》のことを思《おも》いだして裏庭《うらにわ》に行《い》った。一週間《しゅうかん》くらいたっていたと思《おも》う。驚《おどろ》いたことに、枯《か》れた茎《くき》のとなりに、ぷくりとした緑《みどり》の芽《め》が出《で》ていた。「あんがいたくましいんだな」と思《おも》うと、ちょっとうれしくなった。

次《つぎ》の週《しゅう》には、緑《みどり》のあいだに赤《あか》いものが顔《かお》を出《だ》していた。前《まえ》にあったランとはちがうようだ。赤《あか》くなったキウイに似《に》ているかも……。

「母《かあ》さん、鉢《はち》から赤《あか》い花《はな》か、実《み》がでてきたよ」

母《かあ》さんに報告《ほうこく》すると、母《かあ》さんは皿《さら》をしまいながら気《け》だるく笑《わら》った。

「花《はな》が咲《さ》かなきゃ実《み》はできないわよ。こぼれダネでも育《そだ》ったのかしらね」

庭《にわ》も見《み》ずに、病院《びょういん》へ行《い》ってしまった。

「これって、つぼみなのかな？」と、じっと見《み》てもわからない。水《みず》も特別《とくべつ》あげていないし、日《ひ》あたりも悪《わる》い。それでも育《そだ》つなんて、すごいかも。ぼくは花《はな》が咲《さ》くのが楽《たの》しみになってきた。

ところが赤《あか》い丸《まる》は、つぼみではなかったようだ。花《はな》が咲《さ》くようすもなく、そのままずんずん大《おお》きくなっていった。

ぽかぽかとあたたかい日《ひ》のことだ。小《ちい》さなハチがぶんぶんと赤《あか》い丸《まる》に近《ちか》づいていった。ちょんと上《うえ》にとまったと思《おも》ったら、次《つぎ》にはいなくなっていた。

「あれ？　ミツを吸《す》いにきたのかな？」

赤《あか》い丸《まる》が、もぞりと動《うご》いた気《き》がする。

ぼくは辞典《じてん》で調《しら》べてみた。花《はな》が咲《さ》いても外《そと》からはわからない木《き》もあるそうだ。イチジクがそうだ。

「なるほど。中《なか》にハチが入《はい》って、それで実《み》がなるのか」

だんだん、観察《かんさつ》するのがおもしろくなってきた。正式《せいしき》な名前《なまえ》がわからないので、「赤《あか》丸《まる》」と呼《よ》ぶことにした。

気温《きおん》があがると、赤丸《あかまる》もずんずん大《おお》きくなった。ぼくは学校《がっこう》から帰《かえ》ると、裏庭《うらにわ》に、「赤丸《あかまる》、ただいま」と声《こえ》をかけるようになった。

モンシロチョウが、赤丸《あかまる》のほうにひらひらと飛《と》んでいく。だけどミツを吸《す》っているところは見《み》たことがない。いつも、赤《あか》い丸《まる》がゆれているだけだ。

「どんな実《み》がなるんだろう。新種《しんしゅ》かも」

単調《たんちょう》な毎日《まいにち》に、ちょっぴり楽《たの》しみが増《ふ》えた。母《かあ》さんはパートと見舞《みま》いで毎日疲《まいにちつか》れた顔《かお》をしている。ぼくも学校《がっこう》から帰《かえ》ると、せっせと手伝《てつだ》いをしてすごした。

その日《ひ》は、学校《がっこう》を出《で》たときには天気《てんき》があやしくなっていた。洗濯《せんたく》ものを入《い》れなくちゃ、ぼくが急《いそ》いで玄関《げんかん》に入《はい》ったときだ。裏庭《うらにわ》のほうから「ギャッ！」という悲鳴《ひめい》が聞《き》こえた。

ハッとして、そちらを見《み》た。

ギャ、ギャ！

と声《こえ》はつづいている。はげしく羽《は》ばたくカラスが見《み》えた。尾羽《おばね》と片足《かたあし》が、赤《あか》い丸《まる》にのみこまれかけている。

「赤丸《あかまる》が、鳥《とり》を食《く》ってる……？」

信《しん》じられない思《おも》いで、ぼくは赤丸《あかまる》を見《み》た。

その茎《くき》は太《ふと》く、高《たか》さはヒマワリくらいになっていた。赤《あか》い丸《まる》の下《した》のほうには牙《きば》のような緑《みどり》のトゲがみっしりとならんで、もがく獲物《えもの》をくわえこんでいる。

ぼくは玄関内《げんかんない》にとびこんで、しっかりとカギをかけた。鳥肌《とりはだ》が立《た》っていた。虫《むし》を捕《つか》まえる植物《しょくぶつ》があるのはしっている。食虫植物《しょくちゅうしょくぶつ》だ。でも、「鳥《とり》」だぞ。食鳥植物《しょくちょうしょくぶつ》？　そんなのがあるんだろうか。

帰《かえ》ってきた母《かあ》さんに聞《き》こうと思《おも》ったけれど、母《かあ》さんは忙《いそが》しそうに電話《でんわ》をしていた。なにも話《はな》せないまま、ぼくは学校《がっこう》のプリントをおいて自分《じぶん》の部屋《へや》にひきあげた。

次《つぎ》の日《ひ》の朝《あさ》、起《お》きるとあれは夢《ゆめ》だったような気《き》がした。

「植物《しょくぶつ》が鳥《とり》を食《く》うなんて、そんなバカな」

けれど赤丸《あかまる》を見《み》ると、茎《くき》が丸《まる》くふくれていた。夕方《ゆうがた》、帰《かえ》ってきた母《かあ》さんに話《はな》した。

「裏庭《うらにわ》のでかい草《くさ》が、ヘンなんだけど」

「雑草《ざっそう》ってたくましいのよねえ」

ため息《いき》をつく母《かあ》さんの目《め》の下《した》には、くまができている。

「そうじゃなくて」といいかけると、裏庭《うらにわ》から妙《みょう》な声《こえ》が聞《き》こえた。母《かあ》さんは顔《かお》をひきつらせてふりかえった。

ウオアアア、オワアアア〜

声《こえ》ははげしくなる。

「ネコだわ！　まったく！」

母《かあ》さんは窓《まど》にかけより、ガラリとあけた。黒《くろ》い影《かげ》がさっと逃《に》げていった。

「毎年《まいとし》、春《はる》になると花《か》だんを荒《あ》らしてケンカする。いいかげんにしてほしいわ」

ネコは、次《つぎ》の日《ひ》も裏庭《うらにわ》でケンカをした。母《かあ》さんは水《みず》をまきながら、ぶつぶついった。

「いいかげんにして！　姉《ねえ》さんも、あんたはパートで気楽《きらく》ね、とかいいたい放題《ほうだい》だし。独身《どくしん》で仕事《しごと》をつづけるのをえらんだのは自分《じぶん》でしょっ！」

ネコに怒《おこ》っているのか、ナツ伯母《おば》さんに怒《おこ》っているのかわからない。いらついている母《かあ》さんと、ずんずん大《おお》きくなる赤丸《あかまる》。ぼくは、裏庭《うらにわ》を見《み》ずに家《いえ》に入《はい》るようになった。

その日《ひ》。ぼくが玄関《げんかん》でカギをあけていると、トラネコが逃《に》げていった。よくウチにトイレにくるやつだ。「こらっ」と怒《おこ》ったが、水《みず》をかけてもとどかない距離《きょり》をヤツはしっ

ている。うんざりしながら家《いえ》に入《はい》った。そのとき、

ギャアアア〜

聞《き》いたこともないような悲鳴《ひめい》がひびいた。裏庭《うらにわ》からだ。まさか……と思《おも》いながら、ぼくは怖《こわ》くて、外《そと》に出《で》られなかった。

その夜《よる》は、赤丸《あかまる》にのみこまれかけているトラネコのすがたを想像《そうぞう》しては、打《う》ち消《け》そうと必死《ひっし》だった。あの悲鳴《ひめい》は、きっとだれかがふざけたんだ、と思《おも》うしかなかった。

その日《ひ》から、ネコの声《こえ》は聞《き》こえなくなった。母《かあ》さんは、ひさしぶりに明《あか》るい声《こえ》で、ぼくにいった。

「パパがね、再来週《さらいしゅう》には帰《かえ》ってくるって。よかったわ」

海外《かいがい》に出張《しゅっちょう》に行《い》ったまま、「トラブル」で帰《かえ》るのがのびのびになっていた父《とう》さんの帰《き》国《こく》がようやくきまったのだ。ぼくもホッとした。

次《つぎ》の日《ひ》の朝《あさ》、ぼくは赤丸《あかまる》を見《み》に行《い》った。父《とう》さんが帰《かえ》ってくる前《まえ》に、ようすだけでも見《み》ておこうと思《おも》ったのだ。

赤丸《あかまる》は、もう母《かあ》さんの背《せ》を追《お》いこすくらいに育《そだ》っていた。茎《くき》の一部《ぶ》が、不自然《ふしぜん》なくらいふくらんでいる。中《なか》にネコが入《はい》っていてもおかしくないくらいの大《おお》きさだ。

ぼくが息《いき》をひそめて見《み》ていると、その部分《ぶぶん》がもぞもぞと動《うご》いた。あやうく悲鳴《ひめい》をあげるところだった。

鳥《とり》の次《つぎ》は、ネコ？　赤丸《あかまる》はその栄養《えいよう》をとって、ずんずん大《おお》きくなっているのだろうか。

ぼくはそのまま、走《はし》って学校《がっこう》に行《い》った。だれに相談《そうだん》したらいいんだろう。だれが信《しん》じてくれるだろうか。

給食《きゅうしょく》も、ホームルームも、これほど長《なが》く感《かん》じたことはない。母《かあ》さんは、赤丸《あかまる》に気《き》づいただろうか。今日《きょう》は病院《びょういん》によらずに帰《かえ》ってくる日《ひ》だ。ぼくが家《いえ》にもどる時間《じかん》には、だいたい買《か》いものをすませて家《いえ》で用事《ようじ》をしている。

赤丸《あかまる》のことを話《はな》さずに学校《がっこう》に来《き》てしまったことを後悔《こうかい》していた。裏庭《うらにわ》で赤丸《あかまる》に襲《おそ》われている母《かあ》さんを、つい想像《そうぞう》してしまう。

終《お》わりのチャイムとどうじにぼくは教室《きょうしつ》をとびだした。頭《あたま》の中《なか》で、赤丸《あかまる》をどう退治《たいじ》しようと考《かんが》える。

火《ひ》をつけたら、燃《も》えるかな。家《いえ》にライターはないから非常用《ひじょうよう》のマッチか？　心細《こころぼそ》いな。

枝切《えだき》りバサミのほうが確実《かくじつ》そうだ……。

家《いえ》に帰《かえ》ると、母《かあ》さんはキッチンにいた。

「おかえり。早《はや》かったわね」

ほっとしたけれど、赤丸《あかまる》のことをなんと説明《せつめい》したらいいのかわからない。とりあえず、二階《かい》の自分《じぶん》の部屋《へや》にカバンをおきにいった。

階段《かいだん》の下《した》から、母《かあ》さんの声《こえ》が聞《き》こえた。

「お風呂《ふろ》を洗《あら》ってくれる？　わたしは草《くさ》むしりしてくるね」

母《かあ》さんも、庭《にわ》のことを思《おも》いだしたようだ。ガチャリと玄関《げんかん》の戸《と》をしめる音《おと》が聞《き》こえた。

ぼくはあわてておいかけた。

「あら、こんな大《おお》きな草《くさ》が」

驚《おどろ》いたような母《かあ》さんの声《こえ》。ぼくは叫《さけ》んだ。

「その草《くさ》に近《ちか》づいちゃだめだ！」

ぼくの言葉《ことば》が終《お》わらないうちに、母《かあ》さんの悲鳴《ひめい》がひびいた。

ぼくは大急《おおいそ》ぎで、玄関横《げんかんよこ》の物入《ものい》れから、枝切《えだき》りバサミをとりだしてかけつけた。ラグビーボール大《だい》にふくれた赤《あか》い丸《まる》が、母《かあ》さんの右手《みぎて》をくわえこんでいた。

「なによ、これ。抜《ぬ》こうとしたら、かみついてきたのよ！」

ひじの辺《あた》りまでくわえこまれ、母《かあ》さんは必死《ひっし》に逃《に》げようとしている。その肌《はだ》を食《く》いやぶろうとしている赤丸《あかまる》の緑《みどり》の牙《きば》が見《み》えた。

「母《かあ》さんが食《く》われる！」

ぼくは赤丸《あかまる》にかけよると、夢中《むちゅう》で枝切《えだき》りバサミをその太《ふと》い茎《くき》にあてた。

うわあああぁぁ！

と叫《さけ》んでいた。ぐにりと茎《くき》をよじらせている赤丸《あかまる》の叫《さけ》び声《ごえ》のようにも、聞《き》こえた。

ばっつん！

渾身《こんしん》の力《ちから》で切《き》った。

赤丸《あかまる》は切《き》り口《くち》から白《しろ》っぽい液《えき》をしたたらせながら、左右《さゆう》にわっさわっさとゆれた。母《かあ》さんは、切《き》りはなされた赤丸《あかまる》ごところんでいる。

まだ、茎《くき》がのこっている。ぼくは急《いそ》いで根《ね》っこに近《ちか》いところにハサミをあてた。なにかをのみこんだらしいふくらみの真下《ました》だ。力《ちから》を入《い》れて切《き》りおとした。

どさっと地面《じめん》に落《お》ちた茎《くき》の断面《だんめん》から、どろりとした塊《かたまり》が流《なが》れでた。もう、もとの形《かたち》はなんだったのかわからない。

「だけど、これでだいじょうぶだ……」

ぼくははげしくあえぎながら、へたりこんでいた。

これで、もう栄養《えいよう》はとれない。この植物《しょくぶつ》は枯《か》れるはず。枯《か》れてくれ！

母《かあ》さんは青《あお》い顔《かお》をして、おきあがった。

「ありがとう。助《たす》かったわ……」

声《こえ》を聞《き》いて、ぼくもようやくホッとした。

赤《あか》い大《おお》きな丸《まる》はみるみるしなびて、母《かあ》さんの腕《うで》からはがれ落《お》ちた。どうやら花《はな》ではなかったようだ。それではなんだったのかというと、わからない。

次《つぎ》の日《ひ》にカマと除草剤《じょそうざい》を持《も》って見《み》にいくと、全体《ぜんたい》がしなびて枯《か》れていた。

「よかった。気味《きみ》が悪《わる》いからゴミに出《だ》しましょ。燃《も》えるゴミなら、焼《や》いてもらえるし」

ぼくたちは念《ねん》のために除草剤《じょそうざい》をまいて、鉢《はち》をぴっちりとビニール袋《ぶくろ》につつんでゴミに出《だ》した。母《かあ》さんの手《て》はすり傷《きず》ですんだ。

ナツ伯母《おば》さんはぶじに退院《たいいん》した。じきに父《とう》さんも帰《かえ》ってくる。レトルトの夕飯《ゆうはん》ともおさらばだ。

春《はる》も終《お》わりかけていた。ぼくは軽自動車《けいじどうしゃ》のうしろの座席《ざせき》で、外《そと》の景色《けしき》を見《み》ていた。あちこちの家《いえ》でつつじの花《はな》が満開《まんかい》だ。

そのとき、ちらりとりっぱな鉢《はち》が目《め》に入《はい》った。思《おも》わず車《くるま》の窓《まど》にはりついた。あれは、まさか。

「母《かあ》さん。あれ……、ゴミに出《だ》したよね」

「もちろんよ」

でも、とバックミラーの中《なか》の母《かあ》さんの眉《まゆ》がくもる。

「そういえば、このあたりだったかしら。ゴミを拾《ひろ》ってくるおじいさんがいるのよね。

近所《きんじょ》の人《ひと》たちも心配《しんぱい》して……。ねえ、まさか」

そういえば鉢《はち》のまわりに、たくさんの物《もの》がつまれていた。たぶん、そのおじいさんの家《いえ》だったのだろう。

だけど、ぼくが気《き》になったのは鉢《はち》の土《つち》から、緑《みどり》のぷっくりしたものが見《み》えたことだ。

でも、けっきょくよその家《いえ》のこと。ぼくたちはわすれることにした。

父《とう》さんが帰《かえ》ってきて、ぼくらはいつものくらしにもどった。母《かあ》さんはパートの帰《かえ》りに買《か》いものをして、週末《しゅうまつ》は父《とう》さんの手料理《てりょうり》も出《で》てくる。平和《へいわ》な毎日《まいにち》だ。

しばらく庭《にわ》に出《で》るのを怖《こわ》がっていた母《かあ》さんも、花《か》だんの手入《てい》れをするようになった。

ネコが来《こ》なくなって、イライラもなくなった。

だけど、ぼくは気《き》になってしまう。

トラネコのほかにも、ノラネコはいたはずだ。学校《がっこう》で聞《き》くと、近所《きんじょ》のネコが次《つぎ》つぎとすがたを消《け》しているらしい。

母《かあ》さんはホッとしているけれど、ネコがいなくなったら、次《つぎ》は……。

「そういえば、あのゴミ屋敷《やしき》のおじいさん、最近見《さいきんみ》かけなくなったよね」

スーパーでは近所《きんじょ》の人《ひと》たちが、そんなうわさをしていた。

第《だい》7話《わ》　ぴたんぴたん

東野《とうの》　司《つかさ》

怪物《かいぶつ》みたい。

わたしは、パジャマのまま、リビングの窓《まど》に近《ちか》づいた。とうに真夜中《まよなか》。小学生最後《しょうがくせいさいご》の夏休《なつやす》み。いつものようにおじさんの家《いえ》に、泊《と》まりがけで遊《あそ》びにきたんだけど、なんだか夜中《よなか》に目《め》が覚《さ》めてしまった。みんな寝《ね》ていて、家全体《いえぜんたい》がしずまりかえっていた。トイレにいって、部屋《へや》にもどろうとして、ふと、リビングの窓《まど》が気《き》になった。はめごろしの窓《まど》のむこうは大《おお》きなテラスで、その先《さき》に松林《まつばやし》が広《ひろ》がっている。その松《まつ》が暗《くら》がりの中《なか》で重《かさ》なりあって、まるで怪物《かいぶつ》のようだ。松林《まつばやし》のむこうはすぐ海《うみ》で、砂浜《すなはま》に打《う》ちよせる波《なみ》の音《おと》が鈍《にぶ》く聞《き》こえてくる。音《おと》はそれだけ。昼間《ひるま》、うるさいほど飛《と》んでいたヘリコプターの騒音《そうおん》がうそみたいだ。

どこかで犬《いぬ》が鳴《な》いた。
松林《まつばやし》がゆれた。真《ま》っ暗《くら》な中《なか》で、ざわわっとゆれた。怪物《かいぶつ》が動《うご》いたみたい。ひやっとして窓《まど》からはなれようとした。
そのとき。
防犯灯《ぼうはんとう》が光《ひか》った。テラスをてらしだした。橙色《だいだいいろ》に浮《う》かびあがるテラス。でも、なにもいなかった。
えっ……。センサーがなにかに反応《はんのう》したから、防犯灯《ぼうはんとう》が作動《さどう》したはず。でも、なにもいない。センサーの誤動作《ごどうさ》？

ぴたん、ぴたん、ぴたん。

水《みず》が落《お》ちる音《おと》がした。

ぴたん、ぴたん、ぴたん。

テラスのむこうがわ。はしっこ。音《おと》といっしょに、足《あし》あとが。出《で》てきた。水《みず》にぬれた小《ちい》さな足《あし》あと。子《こ》どもだ！　他《ほか》にはなにも見《み》えない。
こっちへむかってくる。
ぴたん、ぴたん、ぴたん。
こっちへ。
ぴたん、ぴたん、ぴたん、ぴたん、ぴたん。
近《ちか》づいてくる。一歩一歩《いっぽいっぽ》、テラスをわたってくる。
ぴたんぴたんぴたんぴたんぴたんぴたん。
もう、そこ。窓《まど》のすぐそこ。声《こえ》が出《で》ない。体《からだ》が動《うご》かない。
防犯灯《ぼうはんとう》が消《き》えた。真《ま》っ暗《くら》になった。
と、
なにかが背筋《せすじ》を伝《つた》った。左《ひだり》の手首《てくび》を冷《つめ》たくぬれた小《ちい》さな手《て》がつかんだ。どうじに、声《こえ》がした。

「ただいま、おねえちゃん」

ひゃあっ。

なにもかもわからなくなった。

気《き》がつくと、わたしは自分《じぶん》のベッドにいた。もう明《あか》るかった。どうやってベッドに入《はい》ったのか、覚《おぼ》えがない。あれは夢《ゆめ》？

リビングにおりた。朝日《あさひ》がまぶしかった。

「おはよう」

おじさんもおばさんもふつうにあいさつしてきた。トーストと目玉焼《めだまや》きのにおい。リビングも、テラスも、松林《まつばやし》も、なにも変《か》わらなかった。テラスに足《あし》あとなんかなかった。

「ああ、きのうのヘリコプターはこれだったんだ」

おじさんが朝刊《ちょうかん》の地方版《ちほうばん》を見《み》せてくれた。

〈小学生《しょうがくせい》の姉弟《きょうだい》、波《なみ》にさらわれ死亡《しぼう》〉

浜遊《はまあそ》びにきていた二人《ふたり》。弟《おとうと》が波《なみ》にさらわれ、それを助《たす》けようとした姉《あね》もおぼれて……。

場所《ばしょ》は、松林《まつばやし》のむこう、すぐそこの浜辺《はまべ》。

思《おも》わず手首《てくび》を見《み》た。

あ……。

左《ひだり》の手首《てくび》。そこに指《ゆび》のあと……赤《あか》いあざになっている。

夢《ゆめ》じゃない。いたんだ。あのとき……たしかにいた。弟《おとうと》がいた。

そのとき、全身《ぜんしん》を氷《こおり》のようなものが走《はし》った。

じゃあ、じゃあ、じゃあ……、

おねえちゃんはどこにいたんだ！

と、

「ただいま」

わたしの中《なか》から、声《こえ》が聞《き》こえた。

いる。ここにいる！

ふるえだす。わたしの体《からだ》、わたしじゃないみたいにふるえだす。

だめ、だめ、だめ！
わたしは、ふるえる自分《じぶん》を、抱《だ》きしめた。力《ちから》いっぱい抱《だ》きしめた。
でも、ふるえは止《と》まらない。
助《たす》けて！

第《だい》8話《わ》

起《お》きなさい

小川《おがわ》　英子《ひでこ》

雨《あめ》の音《おと》が聞《き》こえる。やだなあ。

だけど、起《お》きなきゃ。

目覚《めざ》まし時計《どけい》、まだ鳴《な》らない。ママが起《お》こしにくるまでベッドにいよう。布団《ふとん》の中《なか》はほかほかあたたかい。

そろそろ起《お》きなきゃな。

そっと目《め》をあける……暗《くら》い。まっ暗《くら》だ。

あれ？　起《お》きあがれない。

ここはどこ——ベッドじゃない。ぼくの部屋《へや》じゃない。ふさがっている。ふたがある。

とじこめられている、布団《ふとん》に入《はい》ったまま、身動《みうご》きできないほどせまい箱《はこ》に。

——助《たす》けて

あ、声《こえ》が出《で》ない。

からだが動《うご》かない。目《め》は？　目玉《めだま》は動《うご》かせる。まばたきはできる。でも顔《かお》は動《うご》かせない。

ほっぺに当《あ》たるのはなに？

花《はな》びらだ。いい匂《にお》いがしている。

ものすごく本物《ほんもの》みたいな夢《ゆめ》。きっとそうだ。ぼくは花《はな》にかこまれて、お棺《かん》の中《なか》に寝《ね》ている、そういう夢《ゆめ》を見《み》ているんだ。

雨《あめ》がふっている……ちがう。雨《あめ》の音《おと》じゃない。だれかが泣《な》いている。

ああ、ママだ。ママが泣《な》きながらぼくの名前《なまえ》をよんだ。

——ここにいるよぉ。

せいいっぱい叫《さけ》んだ。こぶしをにぎり、腕《うで》をふりあげてたたいた——つもりだった。

まったく動《うご》くことができなかった。

それでもたたいた。けとばした。

——気《き》がついてくれ。

——わぁぁぁぁぁ。

がくんと箱《はこ》が持《も》ちあげられる。

どこへ行《い》くんだ。雨《あめ》の音《おと》がひどくなった。ちがう。箱《はこ》をとりまいて泣《な》いているんだ。

あ、あの泣《な》き声《ごえ》はイッちゃん。サト君《くん》もいる。ミエちゃんも泣《な》いている。クラスメイトがみんないるじゃないか。

お葬式《そうしき》だ。これはぼくのお葬式《そうしき》だ。

どんどん運《はこ》ばれる。車《くるま》に乗《の》せられた。

どこへ行《い》くのだ。もしかして……火葬場《かそうば》。

——助《たす》けて。助《たす》けて。ぼくは生《い》きてる。

こんなに叫《さけ》んでいるのに、だれも気《き》がついてくれない。早《はや》く！　なんとかしなきゃ、なんとか。生《い》きていることをしらせなきゃ。

車《くるま》が止《と》まった。どこに着《つ》いたの？

また運《はこ》ばれる。そして止《と》まった。

お経《きょう》が聞《き》こえる。

「それではみなさま、とびらの前《まえ》にお集《あつ》まりください。最後《さいご》のお別《わか》れです。合掌《がっしょう》してお見送《みおく》りください」

——いやだぁ。ぼくは生《い》きている。

「待《ま》って」

ママだ。ママの声《こえ》だ。泣《な》きながら棺《ひつぎ》のふたをたたいている。

「もういちどあけて。あの子《こ》の顔《かお》を見《み》せて」

——そうだよ。ママ、あけて。

「やめよう。かえってつらいだけだ」

——パパ、あけてくれ。

「もういちどだけ、あの子《こ》に話《はな》しかけたいの」

「死《し》んだ子《こ》に今《いま》さらなにを」

「起《お》きなさいって」

「……」

「それで起《お》きなければ、あきらめられる」

「……わかった」

どうしよう。どうやってぼくが生《い》きていることをしらせよう。考《かんが》えるんだ。声《こえ》も出《で》ない。手《て》も動《うご》かない。足《あし》も動《うご》かない。それでもぼくにできることを。考《かんが》えるんだ、今《いま》、なにができるか。ぼくが動《うご》かせるのは――。

棺《ひつぎ》の窓《まど》があけられた。まぶしくて思《おも》わず目《め》をつぶった。

「まるで寝《ね》ているみたい」

ため息《いき》をついたママが、そっとささやく。

「起《お》きなさい」

全身《ぜんしん》の力《ちから》と望《のぞ》みをかけて、ぼくは目《め》をあけた。ぱちぱちまばたきしてみせた。目玉《めだま》を左右《さゆう》に動《うご》かした。

「生《い》きてる」「釘抜《くぎぬ》きだ」「こわせ、ふたを」

大騒《おおさわ》ぎになった。

お棺《かん》のふたがあいて、新《あたら》しい空気《くうき》が入《はい》ったとたん、呪縛《じゅばく》がとけたようにぼくは動《うご》くことができた。ママとパパにささえられて、起《お》きあがる。みんながわっと取《と》りかこんだ。抱《だ》きあって泣《な》いた。

火葬場《かそうば》から生《い》きかえった少年《しょうねん》として、ぼくはテレビや新聞《しんぶん》の取材《しゅざい》を受《う》けた。金縛《かなしば》りになったのだろうといわれたけど、死亡診断書《しぼうしんだんしょ》を書《か》いたお医者《いしゃ》さんは、呼吸《こきゅう》も停止《ていし》していたし、たしかに死亡《しぼう》を確認《かくにん》したと反論《はんろん》して、さらに騒《さわ》ぎになった。

でももうそんなことはどうでもいい。生《い》きかえったんだから。

疲《つか》れてぐたぐただった。ベッドに入《はい》るとすぐ寝《ね》た。ぐっすりねむって夜中《よなか》に一度《ど》も起《お》きなかった。

ああ、また雨《あめ》の音《おと》が聞《き》こえる。やだなあ。

だけど、起《お》きなきゃ。

第《だい》9話《わ》

ひみつ基地《きち》、売《う》ります

井又《いまた》　晶子《あきこ》

夏休《なつやす》みのある日《ひ》。友《とも》だちの恵太《けいた》と遊《あそ》んだ帰《かえ》り道《みち》、駿《しゅん》は空《あ》き地《ち》で黒《くろ》い看板《かんばん》を見《み》つけた。

看板《かんばん》には、赤《あか》い文字《もじ》で、こう書《か》いてあった。

基地分譲中

「きち、ふん……なか？」

『分《ふん》』の次《つぎ》の漢字《かんじ》が読《よ》めない。

「ご興味《きょうみ》、ありますか？」

ふいにうしろから声《こえ》がした。びっくりしてふりかえると、ひょろっとした男《おとこ》が立《た》っていた。肩《かた》までのびた髪《かみ》の毛《け》の影《かげ》になって、顔《かお》はほとんど見《み》えない。でも、目《め》の下《した》にある白《しろ》っぽいイボは、そこだけスポットライトが当《あ》たったみたいに目立《めだ》って見《み》えた。

「あ、これ、なんて読《よ》むのかなって……」

「きちぶんじょうちゅう、と読《よ》みます」

「きちぶんじょうちゅう？」

「基地《きち》をお売《う》りします、という意味《いみ》です」

「えっ、ひみつ基地《きち》を売《う》ってるの？」

駿《しゅん》は思《おも》わずはずんだ声《こえ》になった。というのも、好《す》きなアニメの主人公《しゅじんこう》が、ひみつ基地《きち》を作《つく》るのを見《み》てから、自分《じぶん》も作《つく》りたくてたまらなかったからだ。夏休《なつやす》み中《ちゅう》、恵太《けいた》と、ひみつ基地《きち》を作《つく》る約束《やくそく》もしている。

「いいなあ。でも、お金《かね》ないもんなあ」

「それならご心配《しんぱい》なく。お金《かね》はいりません。ただひとつだけ、条件《じょうけん》はございますが」

「条件《じょうけん》？」

「それはまだお答《こた》えできません。でも、どなたでも、かならずクリアできる条件《じょうけん》なので、ご安心《あんしん》ください。どうです？　見《み》るだけでも」

「うーん。それなら、見《み》てみようかな」

「そうと決《き》まれば、行《い》きましょう」

そういうなり、男《おとこ》は音《おと》も立《た》てずに歩《ある》きはじめた。やがて住宅地《じゅうたくち》から林《はやし》の中《なか》へとつづく細《ほそ》い道《みち》に入《はい》った。しばらく進《すす》むと、男《おとこ》が足《あし》を止《と》めた。

「はい、ここですよ」

そこは、木々《きぎ》がまばらに生《は》えたひらけた場所《ばしょ》だった。《基地分譲中《きちぶんじょうちゅう》》の看板《かんばん》が立《た》っていて、ところどころに大《おお》きな石《いし》がころがっている。石《いし》と地面《じめん》の間《あいだ》には、すきまがあって、深《ふか》い闇《やみ》がのぞいていた。

「そこが入《い》り口《ぐち》です。中《なか》は広《ひろ》い空間《くうかん》になっていて、快適《かいてき》ですよ」

駿《しゅん》は、中《なか》をのぞこうとしゃがんだ。すると、闇《やみ》の中《なか》から、しらないおばあさんの青白《あおじろ》い顔《かお》が、ぼおっと浮《う》かびあがった。

「ひゃあっ」

駿《しゅん》は、悲鳴《ひめい》をあげてとびのいた。

「ここには、たくさんのお仲間《なかま》がいますよ。きみもどうですか？　基地《きち》を、おひとつ」

まわりを見《み》ると、石《いし》の下《した》からたくさんの腕《うで》がのびていて、手《て》まねきするようにゆれている。駿《しゅん》の胸《むね》は、ざわざわとした。

「う、うーん。どうしようかな。まだ基地《きち》を買《か》うための条件《じょうけん》も聞《き》いてないし……」

「ですから、どなたでもクリアできるといっているではありませんか。その条件《じょうけん》とは」

男《おとこ》の顔《かお》が、駿《しゅん》の顔《かお》にぐわっと近《ちか》づいた。

「きみが、死《し》ぬこと、ですよ」

このとき、駿《しゅん》は初《はじ》めて男《おとこ》の目《め》を見《み》た。いや、そこに目《め》はなく、がらんどうだった。すると、その下《した》でなにかが動《うご》いた。さっきまでイボだと思《おも》っていたものだ。それはくねくねとうごめくウジ虫《むし》だった。そして、目《め》のあなの中《なか》にも、たくさんのウジ虫《むし》がうじゃうじゃといたのだ。

「ぎゃあああああああああ！」

あとのことは覚《おぼ》えていない。ただむちゅうで走《はし》って、気《き》がついたら家《いえ》にたどりついていた。それから何日《なんにち》も、駿《しゅん》は熱《ねつ》をだして寝《ね》こんでしまった。

ひさしぶりに恵太《けいた》と会《あ》った日《ひ》、駿《しゅん》は、この前《まえ》の恐《おそ》ろしい体験《たいけん》を話《はな》した。

「おもしろそうじゃん。行《い》ってみようぜ」

恵太《けいた》は、けろりといった。駿《しゅん》は、またあの場所《ばしょ》に行《い》くなんて、ものすごく怖《こわ》かった。

でも、あれがなんだったのか、たしかめたい気持《きも》ちもあった。それに、恵太《けいた》といっしょなら心強《こころづよ》い。駿《しゅん》は、覚悟《かくご》を決《き》めた。

道順《みちじゅん》を思《おも》いだしながら住宅地《じゅうたくち》の中《なか》を進《すす》んでいく。やがて、林《はやし》が見《み》えてきた。駿《しゅん》の心臓《しんぞう》がバクバクと大《おお》きな音《おと》を立《た》てる。

たどりついた場所《ばしょ》は、墓地《ぼち》だった。黒《くろ》や灰色《はいいろ》の墓石《ぼせき》がずらりとならんでいる。

（ここの、はずなのに……）

ぽかあんとしていると、ふと看板《かんばん》が目《め》に止《と》まった。そこには、こう書《か》いてあった。

墓地分譲中

「え……ぼち、ぶんじょうちゅう？」

次《つぎ》の瞬間《しゅんかん》、『墓《はか》』の文字《もじ》がぐにゃりとゆがみ、血《ち》がしたたり落《お》ちるように流《なが》れはじめた。そして、みるみるうちに『基《き》』の文字《もじ》に変《か》わっていった。駿《しゅん》の足《あし》が、ガクガクとふるえだす。そのとき、

「おひとつ、いかがですか？」

うしろから声《こえ》がした。ぎょっとしてふりかえると、あのときの男《おとこ》と恵太《けいた》が、ならんで立《た》っていた。

「けっ、けっ、恵太《けいた》。に、にげろっ……」

うまく声《こえ》が出《で》ない。でも、恵太《けいた》はニヤリとした。

「おれ、ここの基地《きち》、買《か》ったんだ」

「……へ？」

「駿《しゅん》が寝《ね》こんでいた間《あいだ》に、おれ、事故《じこ》で死《し》んだんだよ」

恵太《けいた》は、青白《あおじろ》い腕《うで》を駿《しゅん》の肩《かた》にまわした。

「約束《やくそく》したろ。いっしょにひみつ基地《きち》、作《つく》ろうぜ」

ああ。みなさん、よく「たすけて～！」
と叫《さけ》ばれるのですが、
困《こま》りますね～。
助《たす》けてしまっては、怖《こわ》い話《はなし》になりません。
どうぞ、その点《てん》はご了承《りょうしょう》くださいますよう、
お願《ねが》いいたします。

第《だい》10話《わ》 遊《あそ》ぼう

月城《つきしろ》　りお

塾《じゅく》の帰《かえ》りだった。下《くだ》りエスカレーターに乗《の》ってすぐ、まうしろにだれかがとびのったと感《かん》じた。

とっさにふりむいたけど、だれもいない。音《おと》と振動《しんどう》を感《かん》じたのは、なんだったんだろう？

塾《じゅく》が終《お》わったあとだから、もう夜《よる》の十時《じ》をすぎている。くるときには人《ひと》がたくさんいたけど、今《いま》はだれもいない。小学生《しょうがくせい》がこんな夜中《よなか》まで塾《じゅく》だなんて、びっくりだよなぁ。でも、都会《とかい》では珍《めずら》しいことじゃないらしい。

都会《とかい》に引《ひ》っ越《こ》してきて一週間《しゅうかん》。まだ友《とも》だちはできない。前《まえ》の学校《がっこう》でのぼくは、人気者《にんきもの》とはいかないけど、それなりに友《とも》だちはいた。だけど、ぼくは転校早々《てんこうそうそう》、よくしらない子《こ》たちに自分《じぶん》から話《はな》しかけられるタイプじゃないんだ。

学校《がっこう》ではいえない言葉《ことば》を、エスカレーターでつぶやいてみた。

「ねぇ、遊《あそ》ぼう」

ガコン。まただ。すぐうしろで、だれかがとびはねたような衝撃《しょうげき》があった。いったいなんだろう？　こんどはいきおいよくふりむいてみた。一瞬《いっしゅん》だけ、うしろの段《だん》にだれかがいるように見《み》えた。

――あれ？　見《み》まちがいか？

手《て》すりをつかみ、ぐるりとふりかえってみた。やっぱり、だれもいない。なんだかぞくっとした。

エスカレーターを下《お》りれば地下街《ちかがい》だ。お店《みせ》はぜんぶ閉《し》まっているが、遠《とお》くに大人《おとな》が数《すう》人見《にんみ》える。みんな地下鉄《ちかてつ》の駅《えき》へむかっている。ぼくは人《ひと》のいる所《ところ》まで走《はし》っていった。もう安心《あんしん》だ。

塾《じゅく》は今日《きょう》で三回目《かいめ》だけど、こんなに遅《おそ》くなったのははじめてだ。都会《とかい》での塾《じゅく》の進度《しんど》についていけないぼくは、今日《きょう》から講義《こうぎ》のあとに個別指導《こべつしどう》も受《う》けることになったからだ。

つまり、これからは毎回帰《まいかいかえ》りが遅《おそ》くなる。この時間帯《じかんたい》に帰《かえ》るの、なんだか怖《こわ》いなぁ。

家《いえ》に帰《かえ》ってから、パパとママに帰《かえ》り道《みち》が怖《こわ》いと話《はな》した。心配《しんぱい》はしてくれたけど、さほど深刻《しんこく》には思《おも》っていないようだ。

「個別指導《こべつしどう》をやめてもいいけど、宿題《しゅくだい》を一人《ひとり》でやらなきゃだめなのよ。できる？」

ママにきかれて、ぼくはうっと困《こま》った。できなかったから、個別指導《こべつしどう》を受《う》けるはめになった。先生《せんせい》に教《おし》えてもらいながらなら、個別指導《こべつしどう》の九十分《ぷん》で宿題《しゅくだい》はかたづけられる。でも一人《ひとり》でやると、真夜中《まよなか》になっても終《お》わらない。どっさりある宿題《しゅくだい》はものすごく難《むずか》しい。いくらがんばっても、ぼく一人《ひとり》じゃわからないんだ。

今《いま》のぼくに個別指導《こべつしどう》はやめたくてもやめられない。

そんなこんなで次《つぎ》の日《ひ》も夜《よる》十時《じ》すぎに塾《じゅく》を出《で》た。地下街《ちかがい》に下《お》りるエスカレーターを目《め》にしたとたん、ぼくは鳥肌《とりはだ》がたった。

できれば通《とお》りたくないけど、ここを通《とお》らないと帰《かえ》れない。ぼくは深呼吸《しんこきゅう》してエスカレーターに足《あし》を乗《の》せた。ふいに、背中《せなか》がぞくっとした。うしろにだれかがいる。とっさにふりむいた瞬間《しゅんかん》、背中《せなか》のリュックに重《おも》みがかかった。ぼくはバランスをくずし、いやというほど尻《しり》をエスカレーターの段《だん》に打《う》ちつけた。

どんどんエスカレーターの終《お》わりが近《ちか》づいてくる。早《はや》く立《た》たなければ巻《ま》きこまれる。

でもジャンパーが引《ひ》っかかって立《た》てない。

危《あぶ》ない。あわててリュックを下《お》ろし、ジャンパーを脱《ぬ》いで、ぎりぎりでとびおりた。

いやな音《おと》がしてジャンパーが巻《ま》きこまれていく。じきにガガンと、エスカレーターは止《と》まった。驚《おどろ》いたことに、ジャンパーに血《ち》がにじんでいる。自分《じぶん》の手足《てあし》を確認《かくにん》しても、けがは見《み》あたらない。

――ぼくの血《ち》じゃない。なら、だれの血《ち》だ？

リュックをつかんで、いちもくさんに逃《に》げた。地下街《ちかがい》を駅《えき》にむかって走《はし》る。怖《こわ》くてやみくもに走《はし》ったが、だれもいない。

ようやく、彫像《ちょうぞう》の台《だい》に腰《こし》かけているおじいさんが見《み》えた。もう走《はし》れない。ぼくはおじいさんのそばまでくると、走《はし》るのをやめた。

「おい、そこの君《きみ》」

おじいさんがこっちを杖《つえ》で指《さ》している。ぼくは息《いき》が切《き》れて、返事《へんじ》できない。

「とんでもないものをくっつけておるな。おいで。はらってやろう」

ぼくは自分《じぶん》の服《ふく》を見《み》た。べつになにもくっついていない。また駅《えき》へとむかった。

「おーい、君《きみ》。もどっておいで。それ、取《と》ったほうがいいぞ」

なんだかへんなおじいさんだ。悪《わる》いけど、ぼくは早《はや》く家《いえ》に帰《かえ》りたい。


ぼくはパパとママに今日《きょう》のことを話《はな》した。二人《ふたり》は困《こま》った顔《かお》で、早《はや》く寝《ね》るようにとぼくにいった。だけど、気《き》になってねむれない。あの血《ち》はなんだったんだ？

翌朝《よくあさ》、目《め》が覚《さ》めたぼくにママがいった。

「夕《ゆう》べ、パパがあれから調《しら》べに行《い》ってくれたのよ。まあ見《み》てごらんなさいよ、ほら」

見《み》せられたのは、ぼくのジャンパーだった。ヒッと息《いき》をのんだぼくに、パパがだいじょうぶだよと笑《わら》った。

昨夜《さくや》パパが行《い》ってみると、エスカレーターの復旧《ふっきゅう》作業《さぎょう》はもうすんでいて、ジャンパーは管理事務所《かんりじむしょ》であずかってくれていたらしい。

「これは血《ち》じゃなくて、機械油《きかいあぶら》とさびがまざったものだろうって話《はなし》だった。掃除《そうじ》のときにも、ときどき雑巾《ぞうきん》につくそうだ」

夕《ゆう》べはまっ赤《か》に見《み》えた染《し》みは、もう黒《くろ》ずんでいた。だけど、血《ち》の汚《よご》れも時間《じかん》がたつと黒《くろ》ずむんだよな。ほんとに血《ち》じゃないのかな。

「あのエスカレーター、パパが乗《の》ってみてもときどきガコンと鳴《な》ったよ。どこか調子《ちょうし》が悪《わる》いんだろうな。だが、気《き》にするほどじゃないぞ」

「わずか数《すう》メートルのエスカレーターのなにが怖《こわ》いのよ。怖《こわ》い怖《こわ》いとキョロキョロしてるから、バランスをくずしてひっくりかえったんでしょ」

「ちがうよ、ママ。ふりむいたとたん、背中《せなか》のリュックが重《おも》くなったんだ」

パパがふきだした。

「そりゃ、リュックが手《て》すりの下《した》の壁《かべ》にひっかかっただけだろうな。おいおい、なんて顔《かお》だ。しっかりしてくれよ。おれの息子《むすこ》は臆病者《おくびょうもの》なのか？」

パパがじょうだんめかしていい、ママにもあきれた顔《かお》をされた。まあ原因《げんいん》がわかってよかった。

翌日《よくじつ》、個別指導《こべつしどう》の時間《じかん》が少《すこ》しだけあまったので、先生《せんせい》と雑談《ざつだん》になった。ぼくはなんの気《き》なしに、エスカレーターが気味悪《きみわる》いと話《はな》した。

「このビルの前《まえ》のエスカレーターかい？」

まだ大学生《だいがくせい》の木村先生《きむらせんせい》は、顔《かお》をしかめた。

「だれかからうわさを聞《き》いたからだろ？　人《ひと》を怖《こわ》がらせておもしろがるなんて、困《こま》った生徒《せいと》がいるものだな。だいじょうぶ、もう五年《ねん》もたつらしい」

「五年《ねん》って、なにがですか？」

「しらなかったのか？　……悪《わる》い。なんでもないんだ。さぁ、もう帰《かえ》るからいっしょに出《で》よう」

木村先生《きむらせんせい》はぼくの肩《かた》をたたいた。あきらかに不自然《ふしぜん》だ。五年前《ねんまえ》になにかあったようだ。だけど明《あか》るい木村先生《きむらせんせい》といっしょなら、エスカレーターもへっちゃらだ。うれしいことに先生《せんせい》も地下鉄《ちかてつ》だった。乗《の》る線《せん》はちがうけど、駅《えき》までくれば怖《こわ》くない。わかれぎわ、先生《せんせい》はぼくにいった。

「ぼくが教《おし》える日《ひ》はいっしょに帰《かえ》れるよ。帰《かえ》り道《みち》が怖《こわ》いなら、個別指導《こべつしどう》はぼくを指名《しめい》したらいい」

なんたるラッキー。もちろんぼくはママにたのんで、週四日《しゅうよっか》ともがっちり木村先生《きむらせんせい》を担当《たんとう》にしてもらった。

もう怖《こわ》くない――はずだったのに、危機《きき》はある日《ひ》、とつぜんやってきた。それは木村《きむら》先生《せんせい》と帰《かえ》るようになって、七日目《なのかめ》のことだった。

「木村先生《きむらせんせい》がやめたって、どういうことですか？」

あせるぼくに、事務員《じむいん》さんが困《こま》った顔《かお》をした。

「けがされたそうなのよ。ついさっき木村先生《きむらせんせい》から電話《でんわ》があったばかりで、連絡《れんらく》が間《ま》に合《あ》わなくてごめんなさいね」

「そんなそんな……。ぼく、納得《なっとく》できません。木村先生《きむらせんせい》と直接話《ちょくせつはな》したい」

事務員《じむいん》さんに訴《うった》えて、木村先生《きむらせんせい》から電話《でんわ》をもらえることになった。けがが治《なお》ったらまたきてくれるようにたのむんだ。

代理《だいり》の先生《せんせい》による個別指導《こべつしどう》が終《お》わった。今日《きょう》は一人《ひとり》で帰《かえ》らなくてはならない。

木村先生《きむらせんせい》となんども帰《かえ》った道《みち》だから、もう一人《ひとり》でも平気《へいき》かも……と期待《きたい》したが、エスカレーターの前《まえ》でやっぱりぼくは足《あし》がすくんだ。

ダメだ、怖《こわ》い。地下《ちか》へ下《お》りるこの付近《ふきん》で、なにかを感《かん》じるんだ。木村先生《きむらせんせい》といっしょだったときには、まるで感《かん》じなかったのに。

立《た》ちすくんでいると、塾《じゅく》のビルの明《あ》かりが一《ひと》つ、また一《ひと》つと消《き》えはじめた。さっさと帰《かえ》らないと、とんでもなく暗《くら》くなりそうだ。

怖《こわ》ごわエスカレーターに足《あし》をのせようとしたとき、ポケットのスマホがとつぜん鳴《な》りだした。

「もしもし、圭君《けいくん》か？　そろそろ地下鉄《ちかてつ》だろ」

木村先生《きむらせんせい》だった。でも声《こえ》が暗《くら》い。

「先生《せんせい》、急《きゅう》にやめるなんてひどいよ」

「ほんとうにごめん。ひどいけがをしたんだ。きのうの昼《ひる》に、六年生《ねんせい》の保護者説明会《ほごしゃせつめいかい》があったんだけど、その帰《かえ》りにね。しばらく歩《ある》けない」

「でも治《なお》るんでしょ？　治《なお》ったらまた……」

キィイ……ンとスマホが鳴《な》って、耳《みみ》が痛《いた》い。木村先生《きむらせんせい》も驚《おどろ》いたようだ。

「今《いま》のはラップ音《おん》か？　どこにいるんだ？」

「怖《こわ》くて、まだエスカレーターの前《まえ》です。そうだ、先生《せんせい》と話《はな》しながらなら怖《こわ》くない。先《せん》生《せい》、話《はな》しつづけてください。今《いま》から乗《の》りま……」

「待《ま》てっ、乗《の》るなっ！」

先生《せんせい》の大声《おおごえ》に、ぼくはびっくりして立《た》ちどまった。またスマホがキ……ンと鳴《な》った。音《おと》とともに、先生《せんせい》のつぶやきが聞《き》こえた。

「やはりラップ音《おん》だな。なんてこった。くそっ、かんべんしてくれ」

「先生《せんせい》？　ラップ音《おん》ってなんですか？」

いっている間《あいだ》も雑音《ざつおん》はつづいている。先生《せんせい》は答《こた》えずにきいてきた。

「まわりにだれかいないか？」

「だれも。先生《せんせい》、ぼく怖《こわ》い」

「その場《ば》をはなれてくれ。塾《じゅく》のビルにもどるんだ」

ぼくは、ビルにかけもどった。部屋《へや》の明《あ》かりは大半《たいはん》が消《き》えていたが、一階《かい》のロビーがほっとするほど明《あか》るい。

「先生《せんせい》、ロビーに入《はい》ったよ」

ビルに入《はい》っても、スマホはキィィ……ンとなんども鳴《な》りひびいた。

「やまない。……ついてきてるな」

先生《せんせい》のため息《いき》に、ぼくはもういちど聞《き》いた。

「ラップ音《おん》ってなんなの？」

長《なが》い沈黙《ちんもく》の後《あと》、先生《せんせい》が困《こま》った声《こえ》でいった。

「ラップ音《おん》とは霊《れい》が立《た》てる音《おと》だ。祖母《そぼ》が霊《れい》にくわしい人《ひと》だったから、ぼくも少《すこ》しはしってる。ごめんよ、ぼくは単《たん》に君《きみ》が恐《こわ》がりなだけだと思《おも》っていた。ぼくの事故《じこ》もぐうぜんだろうと……だが、もうまちがいない。今《いま》すぐ電話《でんわ》を切《き》って、家《いえ》の人《ひと》に電話《でんわ》しなさい。ビルのロビーまでむかえにきてもらうんだ」

「で、でも先生《せんせい》との電話《でんわ》を切《き》ると怖《こわ》い」

「そんなことをいってる場合《ばあい》じゃない。君《きみ》はとりつかれているんだ」

先生《せんせい》の言葉《ことば》に、ぼくは漏《も》らしそうになった。い、今《いま》、なんて？

「よく聞《き》くんだ、圭君《けいくん》。今夜《こんや》はお父《とう》さんを待《ま》って、いっしょに帰《かえ》りなさい。個別指導《こべつしどう》はやめるんだ。塾《じゅく》もかえたほうがいい。それでも怖《こわ》いなら、お祓《はら》いでもしてもらうしかない」

「お祓《はら》い？　だれにしてもらえばいいの？」

「わからない。祖母《そぼ》が生《い》きていればな……。祖母《そぼ》は霊能力者《れいのうりょくしゃ》で、ぼくに厄除《やくよ》けのまじないをかけてくれたんだ。だが、けがをしたところを見《み》ると、ぼくの厄除《やくよ》け効果《こうか》もうすれてきたのだろう。逃《に》げろ、圭君《けいくん》」

「……せ、先生《せんせい》、あの、五年前《ねんまえ》になにがあったんですか？」

「塾帰《じゅくかえ》りの生徒《せいと》があのエスカレーターでころび、巻《ま》きこまれて助《たす》からなかったそうだ。安全装置《あんぜんそうち》の故障《こしょう》らしい。でね、ぼくが昨日《きのう》けがをしたのも、あのエスカレーターなんだ。うしろから押《お》されたんだが、見《み》ていた人《ひと》の話《はなし》ではだれもいなかったそうだ。前《まえ》むきに倒《たお》れて……手術《しゅじゅつ》になった。元通《もとどお》り歩《ある》くには数年《すうねん》かかる。ぼくを圭君《けいくん》からはなしたかったのだろう」

ぼくはぞーっとした。

スマホが鳴《な》った。こんどはずっと鳴《な》ってたラップ音《おん》じゃない。ぼくのスマホの充電《じゅうでん》がのこり少《すく》なくなった合図《あいず》だ。

「電池《でんち》が切《き》れそうなんだな。すぐに親御《おやご》さんに電話《でんわ》しなさい！」

そう叫《さけ》んで、先生《せんせい》は電話《でんわ》を切《き》った。ぼくは速攻《そっこう》で家《いえ》にかけた。悲鳴《ひめい》に近《ちか》いぼくの声《こえ》に、パパがすぐに行《い》くといってくれた。


ビルのロビーで、ぼくはふるえながら待《ま》ちつづけた。とつぜん、稲光《いなびかり》がして雷《かみなり》がすごい音《おと》で鳴《な》った。

ロビーの電気《でんき》が消《き》えた。停電《ていでん》だ。まっ暗《くら》が怖《こわ》くて、ぼくはビルからとびだした。雷《かみなり》がなんどもつづき、たたきつけるような雨《あめ》が降《ふ》りだした。ずぶぬれになりながら、ぼくは目《め》を見《み》はった。十数人《すうにん》の若《わか》い人《ひと》たちが道《みち》のむこうから走《はし》ってきたからだ。にぎやかに次《つぎ》つぎと、恐怖《きょうふ》のエスカレーターで地下《ちか》へ逃《に》げていく。

ぼくは思《おも》わずかけよって、人《ひと》の波《なみ》に混《ま》ざった。大勢《おおぜい》で乗《の》ればエスカレーターに問題《もんだい》などおきないと、経験《けいけん》でしっている。

みんなが行《い》ってしまってまた一人《ひとり》になるより、たくさんの人《ひと》たちと地下街《ちかがい》に行《い》ったほうが絶対《ぜったい》に安全《あんぜん》だ。パパは地下街《ちかがい》からくるのだ。

前《まえ》の人《ひと》につづいて、エスカレーターにふみだした。ずぶぬれの若者《わかもの》たちは、止《と》まらずに勢《いきお》いよくかけおりていく。ぼくは足《あし》がかじかんで、よろめいた。ころばないよう、手《て》すりを持《も》つ。バタバタとぼくを追《お》いぬいたと思《おも》うと、あっというまに人《ひと》の波《なみ》は行《い》ってしまった。

でも、だいじょうぶだ。ぼくの目《め》の前《まえ》には子《こ》どもがいる。え？ なぜこの子《こ》も一人《ひとり》なんだろう？

天井《てんじょう》の電灯《でんとう》が切《き》れかけているのか、チカチカと点滅《てんめつ》した。前《まえ》の子《こ》の背中《せなか》を見《み》つめるうちに、先生《せんせい》の言葉《ことば》がよみがえった。

〝塾帰《じゅくかえ》りの生徒《せいと》があのエスカレーターでころび、巻《ま》きこまれて助《たす》からなかったそうだ〟

血《ち》の気《け》がひいた。この子《こ》はもしや……。

「遊《あそ》ぼう」

前《まえ》の子《こ》がとつぜんふりかえり、とびついてきた。ぼくは悲鳴《ひめい》を上《あ》げ、もうなにがなんだかわからなくなりながらリュックをふり回《まわ》し、いちもくさんに走《はし》りおりた。楽《たの》しそうな笑《わら》い声《ごえ》がひびき、うしろから追《お》ってくる音《おと》がする。

地下街《ちかがい》に走《はし》りでたが、見《み》わたすかぎりだれもいない。たのむ、だれか……。ふいにおじいさんを思《おも》いだした。

〝とんでもないものをくっつけておるな。はらってやろう〟

「はらってやろう」の意味《いみ》がわかった。きっと先生《せんせい》のいったお祓《はら》いだ。あのおじいさん、お祓《はら》いができるんだ。

木村先生《きむらせんせい》と帰《かえ》るときにも、なんどかおじいさんを見《み》かけた。もう、よびかけてはこなかったが、いつも優《やさ》しい目《め》でぼくを見《み》ていた。今夜《こんや》もいるかもしれない。

ぼくは走《はし》りながら、おじいさんを探《さが》した。彫像《ちょうぞう》が見《み》えてきた。台座《だいざ》にすわっていたおじいさんが、立《た》ちあがって杖《つえ》をあげた。

「こっちだ。おいで」

ぼくはおじいさんの背中《せなか》に逃《に》げこんだ。ぼくに見《み》る勇気《ゆうき》などなかったが、追《お》ってきていた子《こ》が悔《くや》し気《げ》に舌打《したう》ちする音《おと》がした。

「もうだいじょうぶだよ。行《い》った。あいつはもう手出《てだ》しできない」

おじいさんは、ぼくをしっかり抱《だ》きしめてくれた。涙《なみだ》がこみあげた。安心《あんしん》しながら、ぼくはショーウィンドウのガラスをぼんやり見《み》た。黄色《きいろ》い光《ひかり》が二《ふた》つうつっている。なんだろう？

光《ひか》っている物《もの》がなにかわかったぼくは、ぞっとした。おじいさんの目《め》だった。おそるおそる顔《かお》をあげたぼくに、おじいさんが笑《わら》った。

「さぁ、わしと遊《あそ》ぼう」

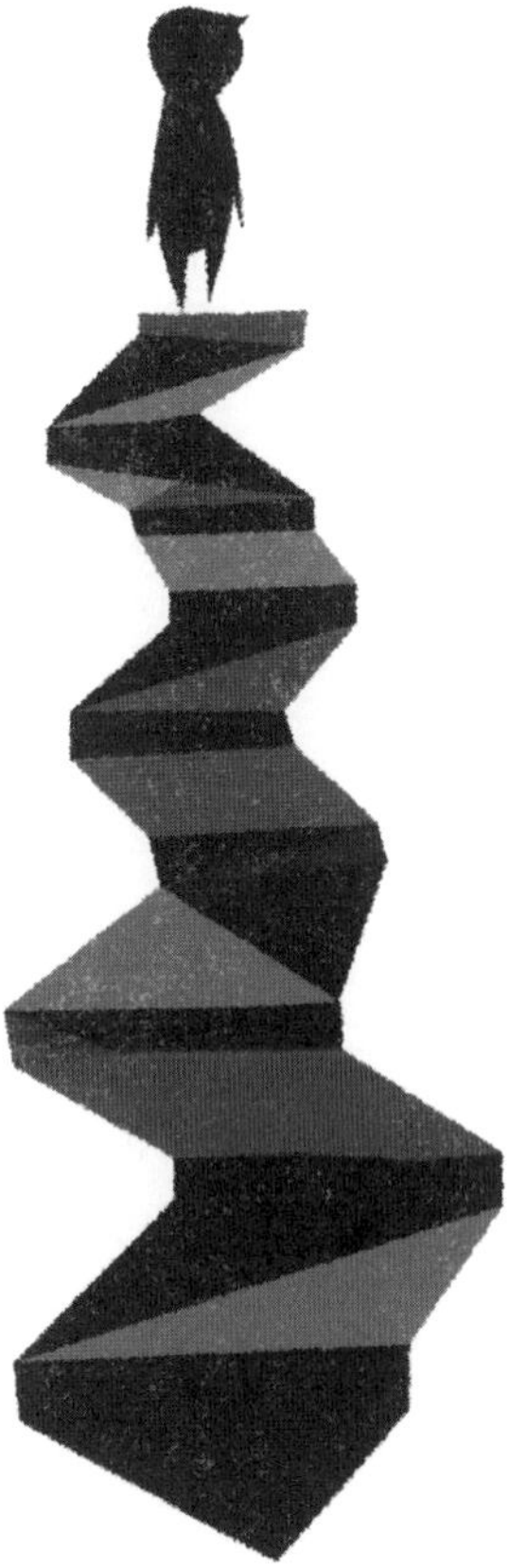

第《だい》11話《わ》 せっかちはよくねえ

茂内《しげない》 希保子《きおこ》

「はよう、はよう」

自分《じぶん》をせきたて、男《おとこ》は村《むら》への道《みち》をたどっていた。よその土地《とち》で半年《はんとし》、酒《さけ》づくりにせいを出《だ》して帰《かえ》るとなれば、先《さき》を急《いそ》ぎたくもなる。山《やま》の新雪《しんせつ》はやわらかく、一歩《いっぽ》ふみだすたびにずむとしずんだ。

なんとか峠《とうげ》につくころ、黒《くろ》ずんだ雲《くも》が空《そら》をおおいはじめた。吹雪《ふぶき》だ。風《かぜ》にあおられ、雪《ゆき》つぶてに打《う》たれ、思《おも》うように歩《ある》けない。

「でも、山《やま》を下《くだ》れば村《むら》じゃ」

と出《だ》した足《あし》がもつれた。坂《さか》をころげおち、大《おお》きな雪玉《ゆきだま》になる。目《め》の前《まえ》が暗《くら》くなった。

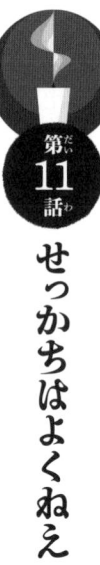

気《き》づくと、男《おとこ》は地面《じめん》に投《な》げだされていた。

——ちょいと。

女《おんな》のとがった声《こえ》が頭《あたま》にひびく。頭《あたま》をふって体《からだ》をおこし、あたりを見《み》まわした。人《ひと》はいない。雪《ゆき》だけがみだれとんでいる。

——うしろのほら、こっちだよ。

ふりかえって目《め》をこらしてみた。白一色《しろいっしょく》の中《なか》にうっすら黒《くろ》いかげが見《み》えた。

「ほらあなか。はて、前《まえ》からあったか」

入口《いりぐち》は男《おとこ》の背《せ》の半分《はんぶん》ほど。のぞきこんでも暗《くら》いばかりだ。

——ちっ、ぶち当《あ》たっといてわびもなしかい。

「え?」

ほらあなのふちだけ、雪《ゆき》がくずれている。雪玉《ゆきだま》はこのふちに当《あ》たって止《と》まったようだ。

男《おとこ》は見《み》えないままの相手《あいて》に頭《あたま》を下《さ》げた。

「すまなかった。じゃあ、道《みち》にもどらねえと」

——あれ、まあ。

ふと声《こえ》がやさしくなる。

――お前《まえ》さん、肉《にく》づきがいいんだねえ。ここで吹雪《ふぶき》をやりすごさないかい。

「いや、はやく村《むら》に帰《かえ》りてえんだ」

――そうかい。ふふ、あたしは親切《しんせつ》だからね、教《おし》えてあげるよ、近道《ちかみち》を。

「ありがてえ。さ、はようはよう」

――せっかちだねえ。お前《まえ》さんの左手《ひだりて》のほう、ほんの少《すこ》し下《くだ》ると、大《おお》きなほらあながある。近《ちか》いよ。そのおくへおくへ進《すす》んだらいいのさ。ひひ、ごちそうさん。

変《へん》なあいさつだ。首《くび》をかしげたところで、男《おとこ》はひらめいた。

「近《ちか》いんなら、あなとあなはつながってるにちがいねえ。あねさま、入《はい》るぞ」

いうなり、体《からだ》をあなにおしこんだ。

あたりは暗《くら》やみで、なにもかもしめっている。男《おとこ》は腰《こし》をまげ手《て》さぐりで進《すす》んだが、ぬめりに足《あし》をとられ、かべにはげしく体《からだ》をぶつけた。

――い、いた、いててて。

「あねさまか。どうした？　どこだ？」

返事《へんじ》はない。ただ、おくから生《なま》ぬるい風《かぜ》がふきつけ、またおくへとすいこまれる。

男《おとこ》は「はようはよう」と急《いそ》いだ。進《すす》むほどあなはせまく、水《みず》びたしになり、はいつくばっても進《すす》めなくなった。

ふいに風《かぜ》がやむ。次《つぎ》の瞬間《しゅんかん》、

――ブ、ブ、ブェックショーッ!!

と空気《くうき》がゆれ、大風《おおかぜ》がおしよせた。たちまち男《おとこ》はあなの外《そと》までふきとばされた。

「ななな、なんじゃあ」

腰《こし》がぬけた。あたり一面《めん》の雪《ゆき》がくずれてあらわれたのは、小山《こやま》ほどある山《やま》ねこの顔《かお》だ。

「あんたさ、いい気分《きぶん》でねてたあたしの鼻先《はなさき》にぶつかっておこして、口《くち》に入《い》れようとしたらこんどは鼻《はな》ん中《なか》にずかずか入《はい》りこんで。いくら気《き》の長《なが》いあたしだって、ゆるさないよ」

緑《みどり》の目《め》が光《ひか》る。ぐばと開《ひら》かれた口《くち》が、とがるきばが、赤黒《あかぐろ》い舌《した》が、すぐそこにせまる。

声《こえ》にならない悲鳴《ひめい》をあげてあとずさったとき、腰《こし》につけてきたひょうたんに手《て》がふれた。ふるえながら、山《やま》ねこの口《くち》にほうりこむ。

「こ、この冬《ふゆ》しこんだ新酒《しんしゅ》だ。お、おらよりずっとうめえぞ」

かたいはずのひょうたんを、山《やま》ねこは楽《らく》らくかみくだいたようだ。

「ふん、まあまあじゃないか。もっと出《だ》しな」

「も、もう、ねえ」

「まったく飲《の》み足《た》りないねえ。しょうがない、あんたをいただこうかね」

男《おとこ》は目《め》をつむった。よめっこの顔《かお》が浮《う》かんでくる。もう赤《あか》んぼうは生《う》まれたか。先《さき》へ先《さき》へと急《いそ》いだせいで、会《あ》えずじまいか。

「せっかちはよくねえな」

「ん、なんとおいいだい？」

山《やま》ねこの声《こえ》はとろんととろけている。酒《さけ》によったのか。

そうだ。男《おとこ》は目《め》をあけた。

「せっかちはよくねえといったんだ。おらが村《むら》にもどれば、もっと酒《さけ》を持《も》ってこられる。ついでに湯《ゆ》でもかぶって、体《からだ》のよごれを落《お》としてくる。ひとねむりして待《ま》っててくれ」

山《やま》ねこはもう半分目《はんぶんめ》をとじている。

「じゃあ、お言葉《ことば》にあまえようかねえ」

男《おとこ》はけんめいに坂《さか》の上《うえ》へとかけもどった。吹雪《ふぶき》はやんで空《そら》は晴《は》れ、遠《とお》くのほうに村《むら》の家《いえ》いえが見《み》えた。ようよう家《いえ》につくと、赤《あか》んぼうが、うぶ声《ごえ》をあげたところだった。

第《だい》12話《わ》
九《く》人《にん》沼《ぬま》

松本《まつもと》　タタ

それは、町《まち》はずれの雑木林《ぞうきばやし》を奥深《おくぶか》く入《はい》ったところにあった。

二メートルほどの金網《かなあみ》をよじのぼり、隼人《はやと》は内《うち》がわにおりた。カメラを落《お》とさぬよう注意《ちゅうい》する。この春《はる》、中学《ちゅうがく》へあがった記念《きねん》に、おなじ趣味《しゅみ》を持《も》つ父親《ちちおや》にゆずってもらったものだ。

底《そこ》なしといわれる沼《ぬま》は、不気味《ぶきみ》に沈黙《ちんもく》していた。ここには、むかし九人《にん》の落武者《おちむしゃ》が処《しょ》刑《けい》されたという言《い》い伝《つた》えがある。近《ちか》づいた者《もの》はおなじ九《ここの》つの数《かず》だけ供《そな》え物《もの》をしなければ呪《のろ》われる、とも……。

隼人《はやと》は、用意《ようい》してきた五円玉《えんだま》をとりだし、沼《ぬま》の中《なか》へなげた。四十五円《えん》あれば駄菓子《だがし》のひとつやふたつは買《か》えるが、しかたない。

（まあ、必要経費《ひつようけいひ》だな）

そして、魅力的《みりょくてき》な、いわくつきの被写体《ひしゃたい》へカメラをむけて撮《と》りまくった。

（……ん？）

なにか、シャッターの音《おと》にまぎれてべつの音《おと》が聞《き》こえた気《き》がした。あたりを見《み》まわす。

「……おぉい……」

まさかと思《おも》ったが、隼人《はやと》は声《こえ》のしたほうを見《み》た。

——沼《ぬま》からだ。

低《ひく》い、低《ひく》い声《こえ》。この世《よ》のものとは思《おも》えないほど低《ひく》い、ピアノの一番下《ばんした》の音《おと》よりもずっと低《ひく》い……。

隼人《はやと》は金網《かなあみ》にとびつき、ガシャガシャとはげしく音《おと》をたてながら死《し》に物狂《ものぐる》いでよじのぼった。あとはもときた方向《ほうこう》へ猛《もう》ダッシュあるのみ。

「……おぉい……」

声《こえ》がせまってくる。とにかく走《はし》った。ろくに手入《てい》れのされていない林《はやし》なので、枝《えだ》だの葉《は》っぱだのがバシバシ当《あ》たるが、痛《いた》いと感《かん》じるよゆうはなかった。

「……おぉい……」

沼《ぬま》からはなれているのに、まだ聞《き》こえてくる。亡霊《ぼうれい》だ。本物《ほんもの》の落武者《おちむしゃ》の亡霊《ぼうれい》だ。恐怖《きょうふ》と疲《つか》れで息《いき》があがる。薄暗《うすぐら》い林《はやし》の中《なか》で木々《きぎ》がざわめき、鳥《とり》があざ笑《わら》うような鳴《な》き声《ごえ》をあげていっせいに飛《と》びさった。

「……おぉい……」

「なんだよ‼　ちゃんとお供《そな》えしただろっ‼」

絶叫《ぜっきょう》して、しまったと思《おも》った。息《いき》がみだれる。もとの道《みち》までこんなに遠《とお》かっただろうか。目《め》がかすむ。足《あし》がもつれる。もうだめかも……。

ザッ、と視界《しかい》がひらけた。

いきなりアスファルトに出《で》たことが、しばらく信《しん》じられなかった。ぼうぜんとしていると、むこうから犬《いぬ》をつれた老人《ろうじん》がやってくるのが見《み》えた。助《たす》かったという実感《じっかん》がやっとわいてきて、隼人《はやと》はへなへなとすわりこんでしまった。

くたくたになって家《いえ》へたどりつき、自分《じぶん》の部屋《へや》へカメラをおくと、すぐリビングへ行《い》って明《あ》かりとテレビをつけた。母親《ははおや》がパートから帰《かえ》ってくるには、まだ時間《じかん》がある。なにか、音《おと》と動《うご》くものがほしかった。

「……おぉい……」

頭《あたま》がまっ白《しろ》になった。

ソファーにとびのり、体《からだ》を丸《まる》めてクッションをかぶった。心臓《しんぞう》がこわれるのではないかと、思《おも》うほど鳴《な》りはじめた。

「な……、なんだってんだよ!! お供《そな》えしたっていってるだろっ!!」

風《かぜ》が部屋《へや》の中《なか》をうずまいている。

「だれだ、最初《さいしょ》に九《ここの》つお供《そな》えしろとかいったやつは。死《し》んだら、ぜったいに化《ば》けて出《で》てやる……!!」

懸命《けんめい》に恐怖《きょうふ》と戦《たたか》っていると、ふたたび声《こえ》はいった。

「……ひとつ、多《おお》い……」

部屋《へや》が静《しず》かになった。

(……?)

クッションの下《した》から、おそるおそる顔《かお》を出《だ》す。

目《め》の前《まえ》のテーブルに、泥《どろ》のついた五円玉《えんだま》が一枚《まい》おかれていた。

(……そういえば、コンビニでおつりの五十円《えん》を五円玉《えんだま》でもらったのを、そのまま全部《ぜんぶ》なげたかも……)

それっきり、異変《いへん》はおきなかった。もちろん、隼人《はやと》の撮《と》った写真《しゃしん》にも。

第《だい》13話《わ》 夜《よる》のドライブ

山崎《やまざき》　香織《かおり》

大輔《だいすけ》とお父《とう》さんが、栃木《とちぎ》のおじいちゃんの家《いえ》を出《で》るころには、あたりは暗《くら》くなりはじめていた。西《にし》に広《ひろ》がる藍色《あいいろ》の雲《くも》のふちが柿《かき》の実色《みいろ》にそまっている。となりの茨城県《いばらきけん》、水《み》戸《と》の家《いえ》までは、とちゅう、小《ちい》さな町《まち》があるだけで、外灯《がいとう》もないまっ暗《くら》な山《やま》あいの道《みち》がくねくねつづく。車《くるま》のライトに次《つぎ》つぎ浮《う》かびあがる木《き》のうしろから、不気味《ぶきみ》ななにかが現《あらわ》れそうで、大輔《だいすけ》は思《おも》わず、目《め》をつぶりたくなる。するとお父《とう》さんがいった。

「暗《くら》い夜《よる》の道《みち》は怖《こわ》いよなあ。幽霊《ゆうれい》やお化《ば》けなんていないとわかっていても、できれば走《はし》りたくない」

「……そうなんだ……」

お父《とう》さんは、少《すこ》し迷《まよ》ってから話《はな》しはじめた。

「昔《むかし》、子《こ》どものころ、父《とう》さんはおじいちゃんにつれられて、よく、夜《よる》の釣《つ》り堀《ぼり》に行《い》ったんだ」

「釣《つ》り堀《ぼり》？」

「おじいちゃんは釣《つ》り好《ず》きで、食事《しょくじ》のあとにでかけるんだ。ライトにてらされた夜《よる》の釣《つ》り堀《ぼり》は、いろんな人《ひと》がいて楽《たの》しかった。でも、釣《つ》り堀《ぼり》に行《い》くとき通《とお》る、林《はやし》の中《なか》の近道《ちかみち》が怖《こわ》くてね。木《き》でできた、トンネルのような細《ほそ》い道《みち》で、とちゅうにお墓《はか》があるんだよ。車《くるま》のライトがあたると、古《ふる》い墓石《はかいし》が、闇《やみ》の中《なか》に浮《う》かびあがるんだ。そこになにかいたらどうしよう……怖《こわ》くて、怖《こわ》くて。だから、林《はやし》の道《みち》に入《はい》ると、目《め》をぎゅっととじてなにも見《み》ないようにしていた……。

あれは、小学校《しょうがっこう》の三年生《ねんせい》のころだ。もう通《とお》りすぎたと思《おも》って目《め》をあけたら、ちょうどお墓《はか》の所《ところ》だった。そこで父《とう》さんは見《み》たんだ。いちばん大《おお》きい墓石《はかいし》のわきに立《た》っている、墓石《はかいし》とおなじ、緑《みどり》がかった灰色《はいいろ》の顔《かお》をした男《おとこ》の子《こ》を。父《とう》さんはあわててもういちど目《め》をぎゅっとつぶった。うそだ、そんなバカな。うっすら目《め》をあけてみた。サイドミラーが目《め》に入《はい》った。闇《やみ》のトンネルがうしろへと流《なが》れていく。その流《なが》れにさからうように、灰色《はいいろ》のぼろぼろの服《ふく》をはためかせ、男《おとこ》の子《こ》が走《はし》ってくる。夜《よる》なのにはっきり見《み》えた。その子《こ》は笑《わら》っていた。口《くち》の中《なか》はまっ赤《か》だった。父《とう》さんは心《こころ》の中《なか》で叫《さけ》んだ。『早《はや》く、早《はや》く、追《お》いつかれる！』すると、うしろの席《せき》で声《こえ》がした。『ぼくのこと、だれにもないしょだよ』……意識《いしき》がとんで、気《き》づいたら釣《つ》り堀《ぼり》の前《まえ》だった。怖《こわ》い怖《こわ》いと思《おも》ってたら、怖《こわ》い夢《ゆめ》を見《み》たわけさ」

大輔《だいすけ》はごくりとつばをのみこむと、わざとふざけた調子《ちょうし》でいった。

「ないしょなのに、ぼくに話《はな》しちゃったね」

車《くるま》は小《ちい》さな町《まち》に入《はい》った。この町《まち》をぬけると、また、さみしい夜道《よみち》がえんえんとつづく。トイレに行《い》きたい二人《ふたり》は、町《まち》はずれのコンビニによることにした。

重《おも》たいドアをおしあけて店《みせ》に入《はい》ると、お父《とう》さんは手《て》にとったかごを大輔《だいすけ》にわたした。

「ほしい物《もの》をえらんでおけ。父《とう》さんが先《さき》にトイレをすませて会計《かいけい》するから」

かごをあずけられた大輔《だいすけ》は、客《きゃく》のいない店内《てんない》を歩《ある》き、コーラとスナック菓子《がし》をえらんだ。そして、お父《とう》さんといれちがいにトイレに入《はい》った。お父《とう》さんが、どのガムにしようか迷《まよ》っていると、いつのまにか大輔《だいすけ》がそばにいて、てのひらをさしだした。

「先《さき》に車《くるま》に乗《の》っててもいい？」

お父《とう》さんは大輔《だいすけ》のてのひらにカギを落《お》とした。

買《か》い物《もの》を終《お》えたお父《とう》さんが乗《の》りこむと、車《くるま》はそろそろと動《うご》きだす。駐車場《ちゅうしゃじょう》を出《で》て、外《がい》灯《とう》の下《した》を通《とお》りすぎる。

大輔《だいすけ》がうしろを気《き》にしてふりむいた。後部《こうぶ》の窓《まど》ごしに、ぼんやりした外灯《がいとう》の下《した》を走《はし》ってくる人影《ひとかげ》が見《み》えた。子《こ》どもだ。大輔《だいすけ》は叫《さけ》んだ。

「お父《とう》さん、男《おとこ》の子《こ》があとを追《お》ってくる」

お父《とう》さんはバックミラーを見《み》た。たしかに、ものすごいいきおいで黒《くろ》い影《かげ》が車《くるま》を追《お》ってくる。

「わあああああああ」

お父《とう》さんは、大声《おおごえ》をあげて、アクセルを強《つよ》くふみこんだ。

「早《はや》く、早《はや》く！　追《お》いつかれる！」

大輔《だいすけ》がサイドミラーを見《み》て絶叫《ぜっきょう》する。車《くるま》は、さらに加速《かそく》する。

どれくらい走《はし》ったのだろう。バックミラーを見《み》ても、サイドミラーを見《み》ても、うつるのは闇《やみ》ばかり、とうぜん男《おとこ》の子《こ》の姿《すがた》はない。

「あんな話《はなし》のあとだったから、パニクった。恥《は》ずかしいよ」

お父《とう》さんは大《おお》きく息《いき》をはいた。

「あのへんに住《す》んでる子《こ》どもだったのかな」

お父《とう》さんは落《お》ち着《つ》きをとりもどしていた。

しかし、大輔《だいすけ》はいった。

「あの子《こ》は、あの町《まち》の子《こ》じゃないよ」

「……」

「あの子《こ》はあんたの子《こ》、大輔《だいすけ》だったんだ。追《お》いていかれると思《おも》って、必死《ひっし》で追《お》いかけたんだろうな」

「あれが大輔《だいすけ》……？」

「そう、ぼくがトイレに閉《と》じこめたんだけど、出《で》られたみたいだね」

お父《とう》さんはゆっくり、となりを見《み》た。

灰色《はいいろ》の顔《かお》をした男《おとこ》の子《こ》が笑《わら》っていた。口《くち》の中《なか》はまっ赤《か》だった。

そろそろ、動悸《どうき》がはげしくなってこられたのではないですか？
怖《こわ》くて読《よ》みすすめられないという方《かた》は、
くれぐれも無理《むり》はされないようにしてください。
ええ、ええ。
夜中《よなか》にトイレに行《い》けなくなったなんて、
決《けっ》して、だれにも申《もう》しません。

第《だい》14話《わ》 お母《かあ》さん売《う》り場《ば》

小林《こばやし》 孝悦《たかよし》

「なんでわたしのいうことがきけないの？　あなたのためなのよ！」

小学《しょうがく》三年生《ねんせい》のナナは毎日《まいにち》のようにお母《かあ》さんに怒《おこ》られていました。

ナナは成績《せいせき》も悪《わる》いし、習《なら》いごともマジメに通《かよ》わないし、まず人《ひと》の話《はなし》をよくききません。

でも、自分《じぶん》がなぜ怒《おこ》られるのか、ナナにはよくわかりませんでした。

ある日《ひ》、ナナは友《とも》だちのマユちゃんの家《いえ》に遊《あそ》びにいきました。とても優《やさ》しいマユちゃんのお母《かあ》さんがうらやましくて、自分《じぶん》のお母《かあ》さんと交換《こうかん》できないかなあと真剣《しんけん》に考《かんが》えてしまうのでした。


「こんな時間《じかん》まで、どこでなにしてたの？　四時《じ》までに帰《かえ》る約束《やくそく》でしょ！」

「今日《きょう》はマユちゃんちに行《い》くって言《い》ったよ」

「そんなこと、きいてない！」

お母《かあ》さんは、はげしくどなりました。そして、ナナの頭《あたま》をたたきました。

「痛《いた》い！　やめて！　ごめんなさい、ごめんなさい……」

ナナは、どなられ、たたかれながら、いつも考《かんが》えています。こんなお母《かあ》さん、いなくなればいいのに。なぜわたしはマユちゃんちに生《う》まれなかったのかと。

お母《かあ》さんの怒《いか》りが頂点《ちょうてん》に達《たっ》していることに気《き》づき、怖《こわ》くなったナナは、すきを見《み》て外《そと》にとびだしました。

「ナナー、こらあ――――、待《ま》ちなさい！」

よびとめるお母《かあ》さんをふりきって街《まち》にむかいました。

街《まち》をトボトボ歩《ある》いていると、いつのまにか黒《くろ》いデパートの前《まえ》にいました。

「こんなデパートあったかな……」

なんだか怪《あや》しい雰囲気《ふんいき》をはなつデパートに、ナナはすいこまれるように入《はい》っていきました。

洋服売《ようふくう》り場《ば》を通《とお》りすぎ、少《すこ》し歩《ある》いたところでナナの足《あし》が止《と》まりました。

「え？　なにこれ……『お母《かあ》さん売《う》り場《ば》』？」

「お客《きゃく》さま。今日《きょう》はどのようなお母《かあ》さんをお探《さが》しですか？」

黒《くろ》いスーツに黒《くろ》ぶちのメガネをかけた長身《ちょうしん》の男《おとこ》が、いつのまにか立《た》っていました。

「こ、ここ、ほんとうにお母《かあ》さんを売《う》っているの？」

男《おとこ》は静《しず》かな口調《くちょう》で、ゆっくりと答《こた》えました。

「はい。こちらでは、お母《かあ》さんとの関係《かんけい》に悩《なや》む子《こ》どもたちのために、さまざまなタイプのお母《かあ》さんを販売《はんばい》しております。優《やさ》しいお母《かあ》さん、頭《あたま》のいいお母《かあ》さん、美人《びじん》のお母《かあ》さん、料理上手《りょうりじょうず》のお母《かあ》さん、お金持《かねも》ちのお母《かあ》さん、いつも家《いえ》にいないお母《かあ》さん、夫婦《ふうふ》げんかをしないお母《かあ》さん、兄弟《きょうだい》を差別《さべつ》しないお母《かあ》さんなどなど、きっとお客《きゃく》さまのお気《き》に入《い》りのお母《かあ》さんが見《み》つかります」

ナナは、一瞬《いっしゅん》、男《おとこ》がからかっているのかと思《おも》いました。しかし同時《どうじ》に、いろいろなお母《かあ》さんを見《み》てみたい気持《きも》ちがわいてくるのでした。

「店員《てんいん》さん、お母《かあ》さんを見《み》せてください」

「では、こちらへ」

男《おとこ》はナナを売《う》り場《ば》の奥《おく》へと案内《あんない》しました。

「わぁぁぁ～　なにこれ……」

そこには、一体《たい》ずつガラスのショーケースの中《なか》に保管《ほかん》された、さまざまなタイプの〝お母《かあ》さん〟がずらっとならんでいました。

「お客《きゃく》さまは運《うん》がよろしいようで。本日《ほんじつ》は当店自慢《とうてんじまん》の〝新作《しんさく》お母《かあ》さん〟が全《ぜん》タイプ出《で》そろっております。これを機《き》に、ぜひご検討《けんとう》ください」

男《おとこ》のセールストークにナナは胸《むね》が高鳴《たかな》りました。そして、一体《たい》一体《たい》じっくりとショーケースの中《なか》を確認《かくにん》し、ケースに書《か》かれている『お母《かあ》さん解説文《かいせつぶん》』を必死《ひっし》に読《よ》みはじめました。

「すみません。この《なにをしても、なにが起《お》こっても、ぜったいにあなたを怒《おこ》らないお母《かあ》さん一九七七年製《ねんせい》（旧名《きゅうめい》・ヨウコ）》をください！」

「ありがとうございます」

つづけてナナはおそるおそる男《おとこ》にききました。

「あの～、おいくらですか？」

「お代《だい》は一〇〇円《えん》いただきます」

「え？　一〇〇円《えん》？」

「ただし、そちらのボードに書《か》いてある〝お買《か》い物《もの》ルール〟を、全文《ぜんぶん》お読《よ》みになってから お買《か》い求《もと》めください。返品《へんぴん》は一週間以内《しゅうかんいない》です。また、使用中《しようちゅう》にどんなトラブルが起《お》きても、わたしどもはいっさい保証《ほしょう》いたしません」

ナナはいつものように、人《ひと》の話《はなし》を最後《さいご》まできかずに支払《しはら》いをすませました。


いっぽう、まだまだ怒《おこ》りたりないお母《かあ》さんはナナを探《さが》しに街《まち》に出《で》かけていました。しばらく歩《ある》いていると、見知《みし》らぬ黒《くろ》いデパートを見《み》つけました。

「こんなところにデパートなんてあったかしら。でも、もしかしたら、おもちゃ売《う》り場《ば》でナナが遊《あそ》んでいるかもしれないから、入《はい》ってみよう」

さて、おもちゃ売《う》り場《ば》をのぞいても、ナナのすがたは見《み》あたりません。お母《かあ》さんがあきらめて帰《かえ》ろうとしたときです。

「ん？　『子《こ》ども売《う》り場《ば》』？」

「いらっしゃいませ。どのような子《こ》どもをお探《さが》しですか？　男《おとこ》の子《こ》？　それとも女《おんな》の子《こ》ですか？」

ぼうぜんとしているお母《かあ》さんに、長身長髪《ちょうしんちょうはつ》の黒《くろ》メガネの男《おとこ》が話《はな》しかけてきました。

「勉強《べんきょう》ができる子《こ》、運動《うんどう》ができる子《こ》、クラスで人気《にんき》の子《こ》、先生《せんせい》に好《す》かれる子《こ》、いじめっ子《こ》、いじめられっ子《こ》、優《やさ》しい子《こ》、異性《いせい》にもてる子《こ》など、いろいろ取《と》りそろえております。きっとお好《この》みの子《こ》どもが見《み》つかりますよ」

「見《み》つかりますよって……これアンドロイドよね？　え、まさか生身《なまみ》の……」

男《おとこ》は話《はなし》をさえぎるように言《い》いました。

「奥《おく》さま。昨今《さっこん》の親子関係《おやこかんけい》はほんとうに難《むずか》しいですよね。子《こ》どもは親《おや》のレールをなかなか走《はし》ってくれないもの、親《おや》の理想《りそう》になかなかこたえてくれないものです。じつは当店《とうてん》の調査《ちょうさ》によると、子《こ》どもの心《こころ》を完全《かんぜん》に支配《しはい》してペット化《か》したいと考《かんが》えるお母《かあ》さんが急増中《きゅうぞうちゅう》だとわかりました。そんなお母《かあ》さんたちの期待《きたい》にこたえるべく立《た》ちあがった、弊社《へいしゃ》の大《だい》プロジェクトなんですよ、これは！　すみません……しゃべりすぎました。わたしどもは世《よ》のお母《かあ》さんたちのために、よりよい子《こ》どもたちを日々《ひび》提供《ていきょう》しております。これを機《き》に、ぜひご検討《けんとう》ください。たとえば、この《お母《かあ》さんの言《い》うことにさからわない絶対服従型女《ぜったいふくじゅうがたおんな》の子《こ》二〇〇九年製《ねんせい》（旧名《きゅうめい》・リサ）》はいかがでしょう？」

男《おとこ》は、フィギュアのようにガラスケースに収納《しゅうのう》された女《おんな》の子《こ》を指《ゆび》さしました。

「そ、その子《こ》はいくつなの？」

「二〇〇九年製《ねんせい》ですから、今年《ことし》九歳《さい》になる小学《しょうがく》三年生《ねんせい》の女《おんな》の子《こ》です」

「ナナといっしょね……　もちろん返品《へんぴん》はきくんでしょ？」

「はい。ためしに一体《たい》いかがですか。今《いま》ならこっそりお値引《ねび》きさせていただきますよ。あ、そちらのボードに書《か》いてある〝お買《か》い物《もの》ルール〟をお読《よ》みいただいてからご購入《こうにゅう》ください」

いい買《か》い物《もの》をしたと上機嫌《じょうきげん》のお母《かあ》さんは、男《おとこ》の話《はなし》など上《うわ》の空《そら》でした。

そのころ、ナナはさっき買《か》ったばかりの新《あたら》しいお母《かあ》さんの家《いえ》にいました。

「ナナちゃん。さあ、ケーキをめしあがれ」

　ガッシャーン！

ふだん食《た》べさせてもらえないケーキを目《め》の前《まえ》に、興奮《こうふん》してしまったナナは、誤《あやま》ってケーキのお皿《さら》を床《ゆか》に落《お》としてしまいました。

あぁ……怒《おこ》られる！　ぶたれる！　怖《こわ》い！

とっさにナナは目《め》をつむりました。

「あら、ナナちゃん。だいじょうぶ？　ケガはなかった？　さあさあ、おかたづけしますね。新《あたら》しいのをすぐ用意《ようい》しますからね」

このお母《かあ》さんを買《か》ってほんとうによかったなあと、ナナはしみじみ思《おも》いました。

ある日《ひ》、ナナは算数《さんすう》のテストでクラスの最低点《さいていてん》をとってしまいました。さすがにまずいと思《おも》いましたが、新《あたら》しいお母《かあ》さんは、

「最低点《さいていてん》をとるなんて、あなたは偉《えら》いわ。だって、あなたのおかげでクラスのだれかが

最下位《さいかい》をまぬがれたのだから。恥《は》ずかしい思《おも》いを一身《いっしん》で受《う》けとめるナナの思《おも》いやりと勇《ゆう》気《き》は賞賛《しょうさん》に値《あたい》するわ。あなたのお母《かあ》さんでほんとうによかったわ」

またある日《ひ》、ナナは公園《こうえん》で遅《おそ》くまでお友《とも》だちと遊《あそ》んでしまい、七時《じ》すぎに帰《かえ》りました。

うぅ……今日《きょう》こそ、ぜったいに怒《おこ》られる……と思《おも》いましたが、

「お帰《かえ》りなさい。遅《おそ》くまでご苦労《くろう》さま。まだまだ遊《あそ》びたりないのにこんなに早《はや》く帰《かえ》ってきてくれて、あなたはほんとうにお母《かあ》さん思《おも》いの子《こ》ね。愛《あい》してるわ」

このお母《かあ》さんはどこまで許《ゆる》す気《き》なのか、ナナはためしてみたくなりました。

ある日《ひ》の夕方《ゆうがた》。お母《かあ》さんが買《か》い物《もの》に行《い》く前《まえ》に、ナナはこっそり財布《さいふ》からお金《かね》をぜんぶ抜《ぬ》いてしまったのです。それに気《き》づかずに買《か》い物《もの》に出《で》かけたお母《かあ》さんは、まっ赤《か》な顔《かお》をして帰《かえ》ってきました。そして大声《おおごえ》でナナに叫《さけ》びました。

「ナナちゃん！　あなたほどお母《かあ》さん思《おも》いの子《こ》どもはいないわ！　ほんとうに感動《かんどう》したの！」

今日《きょう》こそ怒《おこ》られると思《おも》っていたナナは、きょとんとしていました。

「お母《かあ》さん、わたし、お金《かね》をわざと抜《ぬ》いたんだよ。なんで怒《おこ》らないの？」

お母《かあ》さんは落《お》ち着《つ》いた口調《くちょう》で言《い》いました。

「わかってるわよ……あなたが家計《かけい》を気《き》づかって、わたしにむだづかいをさせないように、わざとお金《かね》を財布《さいふ》から抜《ぬ》いたってこと。ほんとうにありがとうね」

テストで悪《わる》い点《てん》をとっても、門限《もんげん》をやぶっても、財布《さいふ》からお金《かね》を抜《ぬ》いても、まったく怒《おこ》らないお母《かあ》さんに、ナナは、なぜかモヤモヤした気持《きも》ちになりました。そして、ほんとうのお母《かあ》さんのことを思《おも》いだすようになりました。

ちょうどそのころ、ナナのほんとうのお母《かあ》さんは、先日買《せんじつか》った新《あたら》しい子《こ》ども「リサ」との生活《せいかつ》をはじめていました。

「あんた！　なんで、こんなこともわからないの？」

バッシ――――ン！

お母《かあ》さんはナナにやっていたように、算数《さんすう》の宿題《しゅくだい》がとけないリサを、思《おも》いっきり平手《ひらて》打《う》ちしました。なんども、なんども、打《う》ちつづけました。さすが絶対服従型《ぜったいふくじゅうがた》です。口答《くちごた》えもせず、逃《に》げもせず、お母《かあ》さんの平手《ひらて》打《う》ちを受《う》けつづけました。そして、しばらくしてリサは動《うご》かなくなってしまいました。

お母《かあ》さんは怒《おこ》って、デパートにリサを持《も》っていきました。

「この子《こ》、不良品《ふりょうひん》なんですけど！　交換《こうかん》してください！」

長髪《ちょうはつ》のメガネの男《おとこ》が奥《おく》から出《で》てきました。

「不良品《ふりょうひん》なんてとんでもないクレームですよ。この子《こ》ほど従順《じゅうじゅん》な子《こ》どもはいませんよ。動《うご》かなくなるまで、この子《こ》にいったいなにをしたんですか？　あなたこそ、お母《かあ》さんとして不良品《ふりょうひん》なんじゃないですか？　返品《へんぴん》は受《う》けますが、ルールにはしたがってもらいますよ」

翌日《よくじつ》、ナナはデパートのお母《かあ》さん売《う》り場《ば》にきていました。お母《かあ》さんを返品《へんぴん》しにやってきたのです。

「あのー、お母《かあ》さんをかえしにきました」

ナナが店員《てんいん》を大声《おおごえ》でよぶと、奥《おく》から長髪《ちょうはつ》メガネの男《おとこ》が出《で》てきました。

「こんにちは。優《やさ》しいお母《かあ》さんはどうでしたか？　相性《あいしょう》がとてもよかったんじゃないですか？」

「ええ……まあ……　じつは、なにをしてもぜんぜん怒《おこ》られなくて……。わたしが一〇〇パーセント悪《わる》いのに、それでも怒《おこ》ってくれないから、どんどん悪《わる》いことがしたくなっちゃって。それで怖《こわ》くなってしまったんです。それと、ホントのお母《かあ》さんとはなれたら、わたし、お母《かあ》さんへの気持《きも》ちがわかっちゃったんです」

男《おとこ》は返品《へんぴん》のルールが書《か》いてあるボードを指《ゆび》さして、ナナに言《い》いました。

「返品《へんぴん》してもいいですが、ルールは守《まも》ってくださいね」

ナナがルールが書《か》かれてあるボードに目《め》をやったそのときです。ナナは驚《おどろ》いて声《こえ》が出《だ》せませんでした。

なんと、ボードの横《よこ》のショーケースの中《なか》にナナのほんとうのお母《かあ》さんが飾《かざ》られ、売《う》りだされていたのです。

《「あなたのためよ」と言《い》いながら暴力《ぼうりょく》で子《こ》どもを支配《しはい》するお母《かあ》さん一九七五年製《ねんせい》（旧《きゅう》

名《めい》・ユキコ）※不良品《ふりょうひん》につき大幅値引《おおはばねび》きします》と解説《かいせつ》されていました。

「店員《てんいん》さん！　お願《ねが》い！　これ、わたしのお母《かあ》さんなの！　売《う》ってよ！　お願《ねが》いよ！」

長髪《ちょうはつ》メガネの店員《てんいん》は、冷静《れいせい》に答《こた》えました。

「ああ。このお母《かあ》さんはですね……昨日入荷《きのうにゅうか》したばかりの新商品《しんしょうひん》です。しかしルールにしたがいまして、お客《きゃく》さまには販売《はんばい》することができなくなりました。さ、お早目《はやめ》に〝お買《か》い物《もの》ルール〟を再確認願《さいかくにんねが》います。返品《へんぴん》のルールにしたがっていただくことになりますので」

ナナの顔《かお》はしだいに青《あお》ざめていきました。


それから一週間《しゅうかん》がたちました。

『子《こ》ども売《う》り場《ば》』の前《まえ》で一人《ひとり》の女性《じょせい》が立《た》ちどまりました。

「子《こ》ども売《う》り場《ば》？　これ、どういうこと？」

「いらっしゃいませ、奥《おく》さま。男《おとこ》の子《こ》と女《おんな》の子《こ》、どちらをお探《さが》しでしょうか？」

「というか、『子《こ》ども服売《ふくう》り場《ば》』のまちがいよね？」

男《おとこ》は女性《じょせい》の質問《しつもん》をさえぎるように話《はな》しつづけました。

「先週《せんしゅう》、入手困難《にゅうしゅこんなん》・最高品質《さいこうひんしつ》の女《おん》の子《こ》が入荷《にゅうか》いたしました。そちら右手《みぎて》のショーケースをごらんください」

店員《てんいん》の冷静《れいせい》なトークに、女性《じょせい》は、のみこまれてしまいました。

「あら、かわいい子《こ》ね。なになに……これ解説文《かいせつぶん》ね。《親《おや》にバシバシたたかれないと勉強《べんきょう》も生活習慣《せいかつしゅうかん》もがんばれない少《すこ》し変《か》わった女《おん》の子《こ》二〇〇九年製《ねんせい》（旧名《きゅうめい》ナナ）》。ふ〜ん、たたきがいがある子《こ》ね。楽《たの》しみだわ、ウフフフ。これ、いただいていくわ。おいくらかしら？」

「お代《だい》は一〇〇円《えん》になります。ありがとうございます」

第《だい》15話《わ》

エレベーターから

阿刀田《あとうだ》 高《たかし》

見《み》てごらんよ。

街《まち》のあちこちに高《たか》いビルが建《た》つでしょ。十階《かい》も、十五階《かい》もあるやつが。

すごいね。

みんなエレベーターがついている。たったひとりで乗《の》ったりすると、なんだか怖《こわ》いね。

とくに夜中《よなか》は……。

そこなんだよ。どこのビルかはいわない。

夜《よる》ふけて、ひとり、待《ま》っている。エレベーターのドアが開《ひら》き、

「あれっ」

中《なか》からフッといい匂《にお》いがこぼれる。

それが人《ひと》の形《かたち》をした匂《にお》いなんだ。匂《にお》いに形《かたち》があるなんて、少《すこ》しへんてこだけど、わかるよね、かたまりになって……。

きみが男《おとこ》の人《ひと》なら、すてきな女《おんな》の人《ひと》の形《かたち》の、とってもいい匂《にお》い。きみが女《おんな》の人《ひと》なら、男《おとこ》の人《ひと》の形《かたち》で、すてきな匂《にお》い。きみが男《おとこ》の子《こ》なら、かわいい女《おんな》の子《こ》。きみが女《おんな》の子《こ》なら、りりしい男《おとこ》の子《こ》さ。

中《なか》へ誘《さそ》われて、ススイと入《はい》ってしまう。

そのままエレベーターが上《うえ》にのぼるのか、下《した》におりるのか、それもはっきりしない。急《きゅう》にドアが開《ひら》き、匂《にお》いといっしょにススイと外《そと》へ出《で》てしまう。

暗《くら》い部屋《へや》……。

すぐにはわからないが、うしろでエレベーターのドアが閉《と》じると、本当《ほんとう》にまっ暗《くら》い部屋《へや》だ。

なにも見《み》えない。エレベーターのボタンも見《み》えないし、うろたえるうちにエレベーターのドアがどこにあるかもわからなくなってしまう。そこがどんな部屋《へや》なのか、広《ひろ》いのか、狭《せま》いのか、なにをする空間《くうかん》なのか、少《すこ》しもわからない。手《て》さぐりで壁《かべ》をさすっても、ますますわからなくなるばかりだ。

光《ひかり》はどこからも入《はい》ってこない。音《おと》ひとつしない。匂《にお》いもどこかへ消《き》えてしまった。

どうしよう？

どうしようもない。

そのまま時間《じかん》が五分《ふん》、十分《ぷん》、二十分《ぷん》、三十分《ぷん》、一時間《じかん》と過《す》ぎ、いよいよ、これは大変《たいへん》だと気《き》づく。

「だれか」「助《たす》けて」と呼《よ》んでも、だれも答《こた》えてくれない。なにも変化《へんか》は起《お》きない。

たったひとり暗《くら》やみに閉《と》じこめられてしまったのだ。

そんなばかな……。

ただエレベーターに乗《の》っただけなのに……。

半日《はんにち》がたち、一日《にち》が過《す》ぎ……ちがう、ちがう。時間《じかん》だってわかりゃしない。腕時計《うでどけい》を持《も》っていても見《み》えやしない。ケイタイ？　運《うん》よく持《も》っていても、これも通《つう》じない。

恐怖《きょうふ》がしだいに増《ま》してくる。

おなかがすく。トイレへ行《い》きたくなる。壁《かべ》をたたき、疲《つか》れて倒《たお》れ、ねむってしまう。

目《め》をさましても状況《じょうきょう》は少《すこ》しも変《か》わらない。

だれかが気《き》づいてくれまいか？　つまり急《きゅう》にきみがいなくなったことに……へんだな、と探《さが》してくれる人《ひと》はいないだろうか。

たとえば家族《かぞく》、友人《ゆうじん》……。

しかし、いなくなったことに気《き》づいても、まさかエレベーターで、まっ暗《くら》い部屋《へや》に運《はこ》ばれたなんて、だれが見《み》つけてくれるものか。

絶望《ぜつぼう》がこみあげてくる。

三日《みっか》がたち、一週間《しゅうかん》が過《す》ぎ、十日《とおか》をへて、もう生《い》きる望《のぞ》みはない。

次《つぎ》つぎに建《た》つ高《たか》いビル。それをつらぬいて上下《じょうげ》するエレベーター。その中《なか》に匂《にお》いの怪物《かいぶつ》がいつのまにか潜《ひそ》んでいるらしい。

助《たす》かる道《みち》？

それは運《うん》よく次《つぎ》のだれかがやってくるときだ。きみとおなじように……。

まっ暗《くら》やみの中《なか》に、急《きゅう》に長四角《ながしかく》の光《ひかり》が開《ひら》き、

「あれっ」

だれかがヨロヨロと現《あらわ》れる。そのすきにきみが光《ひかり》の中《なか》にとびこむ。ドアが閉《と》じて動《うご》きだす。そして地上《ちじょう》に脱出《だっしゅつ》する。

でも、そのエレベーターが、どこにあるのか、どのビルのエレベーターなのか、もうわからない。わかってても、もう行《い》くことができない。探《さが》す手段《しゅだん》もない。探《さが》しても見《み》つからないのだ。

暗《くら》い部屋《へや》へ入《はい》ったら、もう出《で》られない。だれかかわりが来《こ》なければ……わかるよね、結末《けつまつ》は。

都市伝説《としでんせつ》？

そうかもしれないけど、そんなのんきなものじゃないね。

だって……わたしがたったいま出《で》てきたところなんだから。よくわからない人《ひと》と入《い》れかわって。ウフフフ、運《うん》がよかったよ。

声《こえ》が遠《とお》ざかり、かすかな匂《にお》いだけが残《のこ》った。

第《だい》16話《わ》

第《だい》三の……

藤《ふじ》 真《ま》知《ち》子《こ》

もうすぐ夏休《なつやす》み。

日《ひ》はキラキラと青空《あおぞら》に光《ひか》ってる。

学校《がっこう》からの帰《かえ》り道《みち》。

友《とも》だちと別《わか》れて、いつも通《とお》るお店《みせ》の前《まえ》の道《みち》じゃなくて、ちょっと細《ほそ》い横道《よこみち》を通《とお》った。

ママはお店《みせ》の前《まえ》を通《とお》りなさいという。にぎやかな通《とお》りのほうが安心《あんしん》だからって。

でも、ほんの数《すう》十メートルの横道《よこみち》。住宅《じゅうたく》のならぶしずかな道《みち》だ。木《き》が誘《さそ》うようにゆれている。緑《みどり》の木陰《こかげ》が見《み》えるから横道《よこみち》のほうが少《すこ》し涼《すず》しそう。

ちょっとやましい気分《きぶん》だけど道《みち》を入《はい》った。

あまり通《とお》らない道《みち》だから見知《みし》らぬ街《まち》に行《い》ったみたいにちょっとワクワク気分《きぶん》。

もうすぐに終《お》わって、細《ほそ》い横道《よこみち》から大通《おおどお》り へ出《で》るところ。

そのときだ。

「あのー、この近《ちか》くで眼帯《がんたい》を売《う》ってるところ、しりませんか?」

やさしそうなおじさんが声《こえ》をかけてきた。小柄《こがら》で丸顔《まるがお》。ちょっと背《せ》が丸《まる》まってて人《ひと》がよさそうだ。

眼帯《がんたい》って、薬屋《くすりや》さんだよね?

「ええっと、あっちの道《みち》をずっといくとあると思《おも》います」

わたしが答《こた》えると、おじさんは困《こま》ったようにいった。

「わたしの娘《むすめ》がやっぱり小学生《しょうがくせい》でおなじくらいなんですけどね。痛《いた》がるんですよ」

えっ、なにを?

わたしは、よくわからないまま、さっさと帰《かえ》りたかったけど、そんなことといわれてさっさと行《い》くのは失礼《しつれい》な気《き》がした。

すると、おじさんは秘密《ひみつ》めかしていった。

「まぶしいっていうんです。カンニングするときにね」

な、なに？

ドキドキしてきた。わたし、きょう、カンニングしたのだ。

おじさんは、しってて声《こえ》をかけてきたの？

どうしてそんなことをしちゃったか、わからない。でも、となりの人《ひと》のを見《み》ちゃったのだ。しってるわけないよね。

でも、ドキドキして、おじさんのことしか見《み》えなくなってしまった。

「カンニングできるような　目《め》のいい子《こ》をさがしてたんですよ」

おじさんがいう。足《あし》がガクガクする。

わたしがカンニングしたってしってる。

「そういう子《こ》には、ぜひ、もうひとつ目《め》をつけてあげようと思《おも》うんです」

な、なに？

「額《ひたい》にちょっとナイフできずつけて目玉《めだま》を入《い》れれば、三《み》つ目《め》の目《め》ができるんですよ」

なにをいってるの？

そのとき、風《かぜ》がふいて、おじさんの額《ひたい》の髪《かみ》の毛《け》がはらりとあがった。すると、そこに、黒《くろ》い眼帯《がんたい》がある。

「この目《め》がまぶしいんですよ。眼帯《がんたい》がないとね」

うそ。うそ。おじさんはにやりとした。さっきまでの人《ひと》のよさはない。

怪《あや》しげで怖《こわ》くてたまらない。

気《き》がつくと、いつのまにか路地裏《ろじうら》の空《あ》き地《ち》だった。話《はな》しながらおじさんは、わたしをたくみにこっちに誘導《ゆうどう》してきたのだ。気《き》がつかなかった。

「娘《むすめ》は友《とも》だちもいなくてひとりぼっちで淋《さび》しいんです。仲間《なかま》がほしいと泣《な》くんですよ。眼《め》を額《ひたい》につけて、仲間《なかま》になって、娘《むすめ》の友《とも》だちになってやってくださいよ」

わたしは怖《こわ》くて足《あし》がすくむ。

「いまね、あなたにぴったりの第三《だい》の眼《め》を見《み》せてあげましょう。ちょうど持《も》ち合《あ》わせてますからね」

いやだ。いやだ。怖《こわ》い！

逃《に》げなきゃと思《おも》う。眼《め》が額《ひたい》になんてあったら友《とも》だちなんていなくなる。もう、今《いま》までみたいな学校生活《がっこうせいかつ》、送《おく》れなくなる。

でも、逃《に》げようとしたら、とたんにおじさんから三番目《ばんめ》の手《て》がのびてきて、わたしをつかまえそうな気《き》がする。殺《ころ》すかもしれない。

でも、そんなことされたくない。

怖《こわ》い。怖《こわ》い。

おじさんがスーツのポケットからなにかを出《だ》そうとして、わたしから目《め》をはなした。

今《いま》しかない。

わたしはかけだした。

角《かど》をまがるとき、うしろをちらっとふりむくと、おじさんが反対方向《はんたいほうこう》にころがるようにして逃《に》げていくのが見《み》えた。

でも、その足《あし》が三本《ぼん》もあった。

ぎゃあーっ！　わたしは心《こころ》の中《なか》で絶叫《ぜっきょう》した。でも、怖《こわ》くて声《こえ》が出《で》ない。心臓《しんぞう》が絶叫《ぜっきょう》してるかのようにばくばくしたまま、そのまま走《はし》って走《はし》ってうちの門《もん》をあけて玄関《げんかん》の戸《と》をあけて、たたきにすわって、わーっと泣《な》いた。

「どうしたの？」

ママがとびだしてきた。

ママはわたしを抱《だ》きしめていった。

「足《あし》が三本《ぼん》に目《め》が三《みっ》つなんて気持《きも》ち悪《わる》い男《おとこ》ね。逃《に》げられてほんとうによかったわ」

そして、ママは背中《せなか》から三本目《ぼんめ》の手《て》をだして、わたしの頭《あたま》をなでてくれた。

第《だい》17話《わ》 見《み》えないミエナ

たてうち　えいじ

ミエナは透明人間《とうめいにんげん》として生《う》まれました。

「だれか、わたしが見《み》えませんか」

ミエナは道《みち》を行《い》く人《ひと》に声《こえ》をかけます。

しかし、だれもミエナを見《み》ることはできませんでした。

声《こえ》に気《き》づく人《ひと》はいました。ミエナの声《こえ》に立《た》ちどまり、ミエナのほうをふりむきます。

「あれ、だれかによばれた気《き》がしたけど。気《き》のせいかな」

そういって、ミエナに気《き》づかず行《い》ってしまいます。

ミエナは「待《ま》って」といいたい気持《きも》ちをこらえながら、いつも泣《な》いていました。

ひとりがさみしくて、ミエナはいつも泣《な》いていました。

ある日《ひ》、ミエナは公園《こうえん》で遊《あそ》んでいる子《こ》どもたちの中《なか》に、ひとりだけポツンと遊《あそ》んでいる女《おんな》の子《こ》がいるのを見《み》つけました。

女《おんな》の子《こ》は砂遊《すなあそ》びをしていて、りっぱなお城《しろ》を作《つく》っていました。

けれど、砂《すな》のお城《しろ》は完成《かんせい》するとどうじに近《ちか》くで遊《あそ》んでいた男《おとこ》の子《こ》にふみつぶされてしまいました。お城《しろ》をふみつぶした男《おとこ》の子《こ》は、なにもなかったかのように、友《とも》だちとの遊《あそ》びにもどりました。

「あなたも、だれからも見《み》えないの？」

ミエナは思《おも》わず、女《おんな》の子《こ》に声《こえ》をかけていました。

「だれ？」

「わたしはミエナ。透明人間《とうめいにんげん》だよ」

「どこにいるの？」

「あなたの目《め》の前《まえ》」

「見《み》えないわ」

「そうなの。わたしのすがたは、だれにも見《み》えないの」

女《おんな》の子《こ》はポンと手《て》を打《う》ちました。

「そうだ、服《ふく》を着《き》たらいいのよ！」

「わたし、服《ふく》なんて持《も》ってないわ」

「アタシの服《ふく》をかしてあげるから」

女《おんな》の子《こ》はミエナの手《て》をとり、家《いえ》までつれてきてくれました。

ミエナは生《う》まれてはじめて人間《にんげん》の手《て》にふれ、人間《にんげん》の家《いえ》に入《はい》りました。

そして、生《う》まれてはじめて人間《にんげん》の服《ふく》を着《き》ました。

「うん、よくにあってるわ」

女《おんな》の子《こ》は満足《まんぞく》そうにうなずきながらミエナに手鏡《てかがみ》をわたしてくれました。

鏡《かがみ》をのぞくと、服《ふく》だけがふわふわと浮《う》いていました。

ミエナの姿《すがた》は顔《かお》も手足《てあし》もうつってはいません。

「そうだ、お母《かあ》さんのお化粧《けしょう》をしたらいいのよ！」

女《おんな》の子《こ》はとなりの部屋《へや》から口紅《くちべに》とおしろいを持《も》ってきました。

「こんな感《かん》じかな」

女《おんな》の子《こ》はたどたどしくミエナの顔《かお》におしろいをぬります。

「お手《て》てにもつけとこう」

さらに腕《うで》にもおしろいをぬります。

透明《とうめい》だったミエナの腕《うで》は、白《しろ》くぬられて目《め》に見《み》えるようになりました。

「最後《さいご》に口紅《くちべに》をぬって、ハイ、できあがり」

女《おんな》の子《こ》はふたたび鏡《かがみ》をさしだします。

「かわいくできたよ。鏡《かがみ》を見《み》てごらん」

ミエナは鏡《かがみ》をうけとり、のぞきこみます。

鏡《かがみ》には、ミエナの顔《かお》がうつっていました。

おしろいをぬっていない目《め》は透明《とうめい》なままでしたが、鼻《はな》も、ほほも、ひたいも、あごも、
ミエナには見《み》えました。

ミエナは生《う》まれてはじめて自分《じぶん》の顔《かお》を見《み》たのです。

ミエナは涙《なみだ》が止《と》まりませんでした。

さびしくて泣《な》いたのではありません。うれしくて泣《な》いてしまったのです。

「お化粧《けしょう》くずれちゃうよ」

「わかってる！　でも、止《と》まらないの！」

こんなことは、生《う》まれてはじめてでした。


それからしばらくして、女《おんな》の子《こ》の家《いえ》は引《ひ》っ越《こ》しをしてしまいました。

しかし、ミエナは近所《きんじょ》に住《す》みつづけているようです。

「ねえ、わたしが見《み》える？」

「きゃあああ！」

ミエナが声《こえ》をかけると、ふりかえった人《ひと》はみんな、必死《ひっし》になって逃《に》げていきます。

「わたし、やっとみんなに顔《かお》が見《み》えるようになったのにな。どうしてだろう」

鏡《かがみ》を持《も》っていないミエナには、今《いま》の自分《じぶん》の顔《かお》を見《み》ることはできません。

「また、お友《とも》だちになってくれる子《こ》、いないかな」

あたりでは、うわさが立《た》っていました。

「このあたりにはおばけが出《で》る。そのおばけには足《あし》がないけれど、ボロボロになった洋《よう》服《ふく》を着《き》ていて、腕《うで》と顔《かお》だけが白《しろ》く見《み》える。白《しろ》い顔《かお》は泣《な》き顔《がお》で、目玉《めだま》は透明《とうめい》のおばけだ」と。

こうしてミエナは、気《き》づいてもらえるようにはなったけれど、人《ひと》びとに怖《こわ》がられるようになってしまいましたとさ。

第《だい》18話《わ》 トクタイセイ

柳澤《やなぎさわ》 みの里《り》

（ぜんぜんわかんない。やーめたっ！）

テストが始《はじ》まって十分《ぷん》。ユウが、えんぴつをなげすてるようにおいたときだった。

「合格《ごうかく》です」

テスト用紙《ようし》がふわりと浮《う》いた。折《お》り紙《がみ》のように、するする折《お》られていく。そして、白《しろ》いツルになった。

「なっ、なにこいつ！」

「ユウさま。そのあきらめの早《はや》さ、おみごとです。あなたこそトクタイセイ」

わけのわからないことをいいながら、ツルは、音《おと》もなくつばさを動《うご》かした。

「では、ユウさま。さっそく、命《いのち》、ください」

「はっ？」

——イノチ、クダサイ？　命《いのち》、ください？

意味《いみ》がわかると、ユウは立《た》ちあがった。

「なにいってんの！　命《いのち》はあげない！」

「えんりょなさらず。さあさあ……」

ツルのくちばしが、蛍光灯《けいこうとう》の光《ひかり》を受《う》けてキラリと光《ひか》った。白《しろ》い体《からだ》が、ユーレイの着物《きもの》のようだ。

「今《いま》、《死者《ししゃ》の質《しつ》、強化月間《きょうかげっかん》》でして、死者《ししゃ》の手本《てほん》となる方《かた》、つまり、死者《ししゃ》のトクタイセイを探《さが》しておりました」

ツルの顔《かお》には目《め》がなかった。それなのに、みつめられている感《かん》じがする。

「あきらめが早《はや》く、努力《どりょく》をしない方《かた》は、この世《よ》では、さほど必要《ひつよう》とされません。また、未練《みれん》たっぷりのユーレイになる心配《しんぱい》がないのもすばらしい。ユウさま。あなたは、死者《ししゃ》のトクタイセイとしての条件《じょうけん》をクリアされております」

ツルは、すべるようにユウに近《ちか》づいた。

「くちばしで、たったひとつき。それだけであの世《よ》へいけます。お手軽《てがる》でしょう?」

「い、いやだ! 死《し》にたくないっ!」

ツルは、大《おお》げさにため息《いき》をついた。

「ユウさまにしては、オウジョウギワが悪《わる》いですよ? まあ、これをごらんになれば、あきらめもつくでしょう……」

ツルが、つばさをひとふりした。


教室《きょうしつ》が、ユウの家《いえ》に変《か》わった。母《かあ》さんと父《とう》さんが話《はなし》をしている。ツルがいうには、昨日《きのう》の夜《よる》のことらしい。

「ユウったら、ぜんぜん宿題《しゅくだい》をやらないの。『わかんないもん』って。なにをいってもダメ。ノートを開《ひら》きもしないわ」

「ううむ、困《こま》ったやつだな……」

「わたし、なさけなくて」

母《かあ》さんが、顔《かお》を手《て》でおおった。

「育《そだ》て方《かた》が悪《わる》かったのかしらって、そう思《おも》うとつらいの。ユウの顔《かお》を見《み》たくないって、そんなことばかり考《かんが》えてしまうわ」

（ぼくの顔《かお》を見《み》たくない……？）

胸《むね》がズキンとした。

ツルが、ふたたび、つばさをひとふりした。

家《いえ》が、近所《きんじょ》の公園《こうえん》に変《か》わった。野球《やきゅう》チームの仲間《なかま》が集《あつ》まっている。親友《しんゆう》のケンもいた。

ツルが耳元《みみもと》で、「今朝《けさ》、ユウさまがサボった朝練《あされん》の時間《じかん》ですよ」といった。

「ユウ、いつになったら上達《じょうたつ》するんだろ？」

「むりむり。あいつ、練習《れんしゅう》しないから」

（うるさいな。悪口《わるくち》かよ）

むっとしたとき、それまでだまっていたケンが口《くち》を開《ひら》いた。

「練習《れんしゅう》しないやつとは、いっしょにやりたくないな」

（えっ、ケン……？）

ユウは、ケンの口元《くちもと》をじっと見《み》つめた。

「ユウと親友《しんゆう》でいるの、いやになっちゃった」

「いやだ！　そんなこというなよ、ケン！」

思《おも》わず叫《さけ》んでいた。でも、ユウの声《こえ》は、ケンにはとどかなかった。


気《き》づくと、教室《きょうしつ》にもどっていた。

ツルが、ユウの左肩《ひだりかた》にしずかにのった。

「あなたは、やはり死者《ししゃ》のトクタイセイ。この世《よ》に、あなたを必要《ひつよう》とする人《ひと》はいませんし、あなたの居場所《いばしょ》もございません」

なにもいいかえせないのが、くやしい。

「では、命《いのち》、いただきますね……」

ツルが、首《くび》を大《おお》きくふりかぶった。

（こいつのいうとおりだ。でも……。やっぱりいやだ！　死《し》にたくない！）

ユウは、すばやく息《いき》をすった。そして……。

フゥーッ！

「あぁっ！　なんと未練《みれん》たらしいことをっ！」

ツルは、ユウの息《いき》にふきとばされた。そして、天井《てんじょう》の蛍光灯《けいこうとう》にくちばしがつきささった。

チカチカチカッ

蛍光灯《けいこうとう》が点滅《てんめつ》したあと、ツルの白《しろ》い体《からだ》は一瞬《いっしゅん》で黒《くろ》くこげた。そして、灰《はい》が風《かぜ》にのって散《ち》るように、すがたを消《け》した。

「のこり十分《ぷん》」

ユウの机《つくえ》の上《うえ》には、しわだらけになったテスト用紙《ようし》があった。右上《みぎうえ》のはしっこが黒《くろ》くなっていて、少《すこ》しこげくさい。

ユウは、もう一度《ど》えんぴつをにぎった。

さあ、ごいっしょできるのも、
わずかな時間《じかん》となりました。
心残《こころのこ》りのないように、お楽《たの》しみくださいませ。

第《だい》19話《わ》

三《み》ツ《つ》塚《づか》山《やま》のじんじゃんじゃく

永坂《ながさか》　みゆき

これほどまでに深《ふか》い夜《よる》を、海琉《かいる》はしらなかった。自転車《じてんしゃ》のライトが消《き》えたとたん、自《じ》分《ぶん》の手《て》さえ見《み》えない暗闇《くらやみ》につつまれる。海琉《かいる》はあわててジーパンのポケットからスマホをとりだした。明《あか》るい画面《がめん》がありがたい。

午前《ごぜん》一時《じ》七分《ふん》。いくら夏休《なつやす》みといっても小学《しょうがく》六年生《ねんせい》が出歩《であ》く時刻《じこく》ではない。

海琉《かいる》は自転車《じてんしゃ》に鍵《かぎ》をかけると、前《まえ》かごから虫《むし》とり網《あみ》をとって、持《も》ち手《て》を短《みじか》くちぢめたまま、ジーパンのベルトにはさんだ。背中《せなか》のリュックには、空《から》っぽの虫《むし》かごが入《はい》っている。

深呼吸《しんこきゅう》をしてから、海琉《かいる》は目《め》の前《まえ》の三《み》ツ《つ》塚《づか》山《やま》を見《み》あげた。昼間《ひるま》は子《こ》どもが遊《あそ》び、散歩《さんぽ》を楽《たの》しむ人《ひと》でにぎわう小高《こだか》い森《もり》。その奥深《おくふか》くから、夜《よる》よりもさらに黒《くろ》い暗闇《くらやみ》がにじみだしてくるようだった。それは、ここが古墳《こふん》だからかもしれない。昼間《ひるま》は日《ひ》ざしあふれる明《あか》るい山《やま》であっても、やはり古代《こだい》の墓《はか》なのだ。

スマホの明《あ》かりをたよりに、海琉《かいる》は歩《ある》きだした。虫《むし》たちをおどかさないよう、そっと。

それにしてもしずかだ。いくら深夜《しんや》とはいえ、なにかの音《おと》がしてもよさそうなのに、みょうにしずまりかえっている。

《ハンゴンチュウを捕《つか》まえるときは、あまんじゃくに気《き》ぃつけなや》

じいちゃんの声《こえ》がよみがえる。幼《おさな》いころに聞《き》いた三ツ塚山《みつづかやま》の言《い》い伝《つた》え。

《あまんじゃくは人《ひと》を見《み》ると悪《わる》さをしよる。人《ひと》の弱《よわ》みにつけこむ鬼《おに》だでな》

そう話《はな》してくれたじいちゃんはもういない。しかし、その声《こえ》は、はっきりと耳《みみ》にのこっている。

《けど、あまんじゃくならええ。じんじゃんじゃくに会《お》うたらおしまいや。人《ひと》を食《く》らう鬼《おに》だでな》

幼《おさな》かったころはじいちゃんの話《はなし》に本気《ほんき》でおびえてふるえるばかりだった。すこし大《おお》きくなってからは、ただのおとぎ話《ばなし》だとバカにして笑《わら》った。だが、今《いま》の海琉《かいる》にとって、その言《い》い伝《つた》えは、さいごの希望《きぼう》だった。ハンゴンチュウは死《し》にゆく人《ひと》の魂《たましい》をつれもどせるのだという。

《夜《よる》の三《み》ツ塚山《つづかやま》では虫《むし》の名前《なまえ》をいうてはならん。じんじゃんじゃくを呼《よ》びよせてまうから》

遊歩道《ゆうほどう》を一歩《いっぽ》ずつのぼりながら、海琉《かいる》はポケットに手《て》をつっこんだ。指《ゆび》の先《さき》に、ひんやりとした丸《まる》いものがふれる。お母《かあ》さんが財布《さいふ》につけていた、小《ちい》さな銀《ぎん》の鈴《すず》。何年《なんねん》か前《まえ》、お母《かあ》さんの誕生日《たんじょうび》に海琉《かいる》があげたお守《まも》りだ。

つい涙《なみだ》がこぼれそうになって、海琉《かいる》はくちびるをかんだ。お母《かあ》さんは今《いま》、病院《びょういん》の集中治療室《しゅうちちりょうしつ》にいる。先週《せんしゅう》、信号無視《しんごうむし》の車《くるま》にはねられたのだ。すぐに病院《びょういん》にはこばれたのに、まだ意識《いしき》がもどらない。医者《いしゃ》は覚悟《かくご》が必要《ひつよう》だという。

海琉《かいる》のお父《とう》さんは、海琉《かいる》が生《う》まれる前《まえ》に事故《じこ》で死《し》んだ。いっしょにくらしていたじいちゃんも、海琉《かいる》が三年生《ねんせい》の冬《ふゆ》に病気《びょうき》で死《し》んだ。これでお母《かあ》さんまで死《し》んでしまったら、海琉《かいる》は一人《ひとり》ぼっちになる。だから海琉《かいる》は必死《ひっし》だった。

坂道《さかみち》がきつくなる。ごつごつ地《ち》をはう木《き》の根《ね》につまずいて、なんどもころびかける。

やがて大《おお》きな岩《いわ》かべに行《い》きあたった。遊歩道《ゆうほどう》は、ここから右《みぎ》と左《ひだり》にわかれる。右《みぎ》へ行《い》けば広《ひろ》い遊歩道《ゆうほどう》が頂上《ちょうじょう》までゆるやかにつづく。それとは逆《ぎゃく》に、左《ひだり》の道《みち》は細《ほそ》くてけわしい。しかも山《やま》の中腹《ちゅうふく》でとぎれる。そこは古墳《こふん》の入《い》り口《ぐち》だという。

海琉《かいる》は左《ひだり》をえらんだ。ハンゴンチュウは古墳《こふん》を通《とお》ってこの世《よ》と黄泉《よみ》の世界《せかい》とを行《い》き来《き》するのだという。ふみだす足《あし》がふるえる。

草《くさ》のツルが足《あし》にまとわりつく。足場《あしば》も悪《わる》い。足《あし》をふみはずしたら、急《きゅう》な斜面《しゃめん》を谷底《たにぞこ》までころげおちることになる。両手《りょうて》をあけておかないとバランスがとれないから、スマホをポケットにしまう。まっ暗《くら》な闇《やみ》がのしかかってくる。

手《て》さぐりでじゃまな枯《か》れ枝《えだ》をはらい、からみつく草《くさ》をけとばしながら道《みち》をさぐる。どれほどすすんだだろう。ふと、海琉《かいる》はかすかな光《ひかり》を感《かん》じた。草《くさ》にさえぎられてはっきりとは見《み》えなかったが、青白《あおじろ》い光《ひかり》がすうっと動《うご》いて、すぐに消《き》えたような気《き》がする。

見《み》まちがいか？　海琉《かいる》は目《め》をこらした。

ふたたびなにかが光《ひか》った。豆電球《まめでんきゅう》よりもずっと弱《よわ》くはかなげな光《ひかり》が風《かぜ》にただよい、すぐに消《き》える。まるで蛍《ほたる》のようだった。しかし、蛍《ほたる》は初夏《しょか》の虫《むし》、とっくに時期《じき》は過《す》ぎている。

（ハンゴンチュウだ……）

信《しん》じられない。海琉《かいる》はまばたきをした。

少《すこ》しはなれたところでもうひとつ、淡《あわ》い光《ひかり》がふうっと飛《と》ぶ。またひとつ、さらにもうひとつ……みるみるうちに光《ひかり》の数《かず》が増《ふ》え、百《ひゃく》や二百《ひゃく》どころではない、無数《むすう》の光《ひかり》がついたり消《き》えたりしながらふわふわとみだれ飛《と》びはじめた。

（早《はや》く捕《つか》まえないと）

気持《きも》ちはあせるのに動《うご》けない。

「ハンゴンチュウは、やんねえぞ」

ふいにだれかの声《こえ》がした。海琉《かいる》は山道《やまみち》からころげおちそうになるほどおどろいた。

「さっさと帰《かえ》れ。こっちにくんな」

子《こ》どものような高《たか》い声《こえ》。ほのかな光《ひかり》の群《む》れの中《なか》に、人影《ひとかげ》が浮《う》かびあがる。背《せ》は海琉《かいる》より小《ちい》さい。ぼうぼうにのびた髪《かみ》、やけに長《なが》い手《て》と不自然《ふしぜん》に短《みじか》い足《あし》、ぽっこりまるい胴体《どうたい》。

（あまんじゃく……？）

「ちがうぞ。あまんじゃくじゃねえ」

あまりにタイミングのいい言葉《ことば》だ。

（もしかして、おれの心《こころ》を読《よ》んでるのか？）

「ちがうぞ。心《こころ》なんか読《よ》まねえ。読《よ》まなくたって、おまえの考《かんが》えてることはお見通《みとお》しだ」

あまんじゃくにちがいない。あまんじゃくは人《ひと》の心《こころ》を読《よ》んで、いやがることをするという。

「おれ、あまんじゃくじゃねえ。いやがることなんかしねえぞ」

あまんじゃくはうれしそうに、海琉《かいる》に近《ちか》よってくる。あまんじゃくを追《お》いかけるように、無数《むすう》のハンゴンチュウもついてくる。海琉《かいる》があとずさると、あまんじゃくも歩《あゆ》みを早《はや》める。

「ほれ逃《に》げろ。ハンゴンチュウはやんねえぞ」

あまんじゃくは長《なが》い両手《りょうて》をばっと広《ひろ》げた。光《ひかり》の群《む》れが、ぶわっとふくれあがる。あまんじゃくが海琉《かいる》にむかって手《て》をふりおろすと、ハンゴンチュウの群《む》れが青白《あおじろ》い光《ひかり》のうずとなって海琉《かいる》めがけて飛《と》んできた。

海琉《かいる》は思《おも》わず逃《に》げようとした。だが、足《あし》をふみはずし、けわしい斜面《しゃめん》に体《からだ》ごとなげだされてしまった。とっさになにかにつかまろうとのばした手《て》をだれかがつかむ。あまんじゃくが、身《み》をのりだして海琉《かいる》の手《て》をつかんでいた。

「おまえなんか、落《お》ちちまえ」

そういいながら、あまんじゃくは海琉《かいる》の手《て》を両手《りょうて》でひっぱる。海琉《かいる》をひきあげようとしているらしい。海琉《かいる》は運動靴《うんどうぐつ》を岩《いわ》のでっぱりにかけ、どうにか斜面《しゃめん》をよじのぼる。

「ええい、さっさと落《お》ちちまえ！」

あまんじゃくは顔《かお》をくしゃくしゃにゆがめて、海琉《かいる》をひっぱりあげる。

なんとか海琉《かいる》が道《みち》にはいあがったときには、海琉《かいる》もあまんじゃくも汗《あせ》だくになっていた。はあはあ荒《あら》い息《いき》をととのえる二人《ふたり》を、ハンゴンチュウの青白《あおじろ》い光《ひかり》がほのかにてらす。

「た……すけ…て…くれた……のか？」

海琉《かいる》は聞《き》かずにはいられなかった。

あまんじゃくは苦《くる》しそうに息《いき》をはずませたまま、首《くび》をふる。

「だれが……たすけ…るもんか」

ちがう。あまんじゃくがひっぱってくれなかったら、海琉《かいる》は谷底《たにぞこ》に落《お》ちていたはずだ。

「おれ…、さびしくなんか、ねえ。友《とも》だちなんか、いらねえ……」

あまんじゃくがつぶやく。ふと、海琉《かいる》は気《き》づいた。あまんじゃくの言葉《ことば》は、逆《ぎゃく》なのだ。

「友《とも》だちが、ほしいのか?」

たずねてみると、あまんじゃくはくちびるをかたくひきむすんで首《くび》をふる。

「一人《ひとり》で、さびしいのか?」

あまんじゃくは、また首《くび》をふる。つりあがった目《め》から、大《おお》つぶの涙《なみだ》がぽろりとこぼれる。

「友《とも》だちなんか、いらねえ。人間《にんげん》はみんな逃《に》げてくけど、そんなの、平気《へいき》だ」

友《とも》だちがほしい。逃《に》げないでほしい。そういっているのだと、海琉《かいる》にはわかった。

あまんじゃくが宙《ちゅう》に手《て》をのばし、ふわっと空気《くうき》をつかむようにこぶしをにぎった。

そして、海琉《かいる》の目《め》の前《まえ》でこぶしをひらく。一匹《ぴき》のハンゴンチュウが、おとなしく光《ひか》っている。

「おまえの母《かあ》ちゃんなんか、死《し》んじまえ」

とまどう海琉《かいる》の鼻先《はなさき》に、あまんじゃくはハンゴンチュウをつきつける。さっさと受《う》けとれ、といっているようだった。海琉《かいる》はリュックから虫《むし》かごをだし、ハンゴンチュウをそっといれた。そこにあまんじゃくが、夜《よ》つゆにしめったシダの葉《は》をさしいれる。

「ハンゴンチュウを、母《かあ》ちゃんの胸《むね》にとまらせるなよ。生《い》きかえんねえぞ」

お母《かあ》さんの胸《むね》にハンゴンチュウをとまらせれば、生《い》きかえるのだと教《おし》えてくれている。

「ありがとう……」

お礼《れい》の言葉《ことば》だけではたりない気《き》がした。孤独《こどく》に生《い》きるさびしさが、海琉《かいる》には想像《そうぞう》できた。

海琉《かいる》はポケットから、銀《ぎん》の鈴《すず》をとりだした。お母《かあ》さんに贈《おく》った大切《たいせつ》なお守《まも》りだけれど、だからこそ、あまんじゃくにあげたい。

「おれの宝物《たからもの》。おまえにやるよ」

あまんじゃくの目《め》が、おどろいたようにまんまるくなった。

「宝物《たからもの》もらうのなんて、初《はじ》めてじゃねえぞ」

あまんじゃくは小《ちい》さな鈴《すず》をつまみあげて見《み》つめると、鈴《すず》のひもを自分《じぶん》の指《ゆび》に結《むす》びつけ、うれしそうにチリンチリンと鳴《な》らした。

「こんな汚《きたな》いの、いらん。ぜんぜんうれしくない」

「だいじなお守《まも》りなんだ。ハンゴンチュウのお礼《れい》だよ」

海琉《かいる》がなにげなくいったとたん、あまんじゃくは顔《かお》をひきつらせて古墳《こふん》をふりかえった。


りりりりり……　りりりりり……


どこからともなくコオロギにも似《に》た音《おと》が聞《き》こえてくる。ずぅん、ずぅん、と地鳴《じな》りのような音《おと》が低《ひく》くとどろく。

「人間《にんげん》が虫《むし》の名前《なまえ》をいったって、じんじゃんじゃくなんか、こねえぞ。じんじゃんじゃくは、すげえいいやつなんだぞ」

あまんじゃくの声《こえ》が弱《よわ》よわしく、ふるえている。あまんじゃくを守《まも》るかのように、ハンゴンチュウの群《む》れがあまんじゃくによりそう。

どぉぉん　どぉぉん……

地《ち》ひびきが近《ちか》づいてくる。びりびりと空気《くうき》が重《おも》くふるえる。

「じんじゃんじゃくに、食《く》われちまえ!」

いきなり海琉《かいる》の両足《りょうあし》に、ぬめぬめしたものがからみついた。あっと思《おも》うまもなくひきたおされる。手《て》をつくよゆうもない。地面《じめん》に顔《かお》を打《う》ちつけ、衝撃《しょうげき》で息《いき》ができない海琉《かいる》の体《からだ》にぬらぬら冷《つめ》たい太《ふと》いなわのようなものが巻《ま》きつき、ぎりぎりとしめあげてくる。

しゃあああああっ

耳《みみ》もとに、海琉《かいる》は空気《くうき》がもれる鋭《するど》い音《おと》を聞《き》いた。ヘビが敵《てき》をおどす時《とき》の音《おと》だ。ヘビだ、ヘビが海琉《かいる》の体《からだ》に巻《ま》きついているのだ。

「おまえなんか、じんじゃんじゃくに食《く》われちまえ!　ぜったいに、逃《に》がしてやんねえぞ!」

悲鳴《ひめい》のようなあまんじゃくの声《こえ》が聞《き》こえた。かろうじて首《くび》をまげてみると、なにかが海琉《かいる》を見《み》おろしている。黒《くろ》ぐろとした大《おお》きな影《かげ》。顔《かお》は見《み》えなくても、それが鬼《おに》だとすぐにわかった。むくむく太《ふと》い六本《ぽん》のうでで、それよりも太《ふと》い四本《ほん》の足《あし》、頭《あたま》に生《は》えているのは無数《むすう》のヘビ。

(うあああっ!)

声《こえ》にならない絶叫《ぜっきょう》。体《からだ》じゅうをしめつけられて、ほとんど息《いき》がのこっていないせいだ。それなのに、のどが裂《さ》けてしまいそうなほど激《はげ》しい絶叫《ぜっきょう》が腹《はら》の底《そこ》からつきあげてきて、止《と》められない。

くわぁぁぁっと、じんじゃんじゃくが口《くち》を開《ひら》いた。のこぎりみたいに鋭《するど》い牙《きば》がぬらぬら光《ひか》る。くさった魚《さかな》のような生臭《なまぐさ》い匂《にお》いがたちこめる。しゅるしゅるといやな音《おと》をたてて、ヘビが海琉《かいる》を地面《じめん》から持《も》ちあげた。

(食《く》われる……!)

海琉《かいる》は身《み》をよじってあばれようとした。だが、動《うご》けば動《うご》くほどきつくしめあげられる。

「ええいっ!　ええいっ!」

あまんじゃくのかけ声《こえ》とともに、どすっどすっと重《おも》たい音《おと》がひびいた。海琉《かいる》をしめつけていたヘビから、ふっと力《ちから》がうしなわれる。そのすきに、海琉《かいる》はむちゅうでぬけだした。

「じんじゃくなんか、ぜんぜん怖《こわ》くないんだからな！」

あまんじゃくが泣《な》きそうな声《こえ》で叫《さけ》ぶ。何百匹《なんびゃっぴき》ものヘビが首《くび》をもたげ、あまんじゃくをとりかこむ。あまんじゃくは大《おお》きな岩《いわ》をかかえあげ、ヘビの群《む》れめがけて投《な》げつける。

ぐわぁぁおおぅっ！

じんじゃんじゃくが怒《いか》りのこもったおたけびをあげ、頭《あたま》をふりたててあまんじゃくをにらみつけた。

「逃《に》げるなよ！　さっさと食《く》われちまえ！」

あまんじゃくは古墳《こふん》のほうへかけだした。じんじゃんじゃくが、のっしりと体《からだ》のむきを変《か》えてそれを追《お》う。ヘビがあまんじゃくの足《あし》にからみつき、ころばせようとする。

あまんじゃくは近《ちか》くの木《き》の枝《えだ》をへしおってヘビをたたき、ふりほどこうとした。そのはずみに銀《ぎん》の鈴《すず》が指《ゆび》からほどけおち、りぃぃんと澄《す》んだ音《おと》が谷底《たにぞこ》へとすいこまれていく。

「逃《に》げるな！　母《かあ》ちゃんなんか死《し》んじまえ！」

海琉《かいる》はわれにかえった。あまんじゃくは、必死《ひっし》で海琉《かいる》を助《たす》けようとしてくれている。その気持《きも》ちにこたえるためにも、逃《に》げなければならない。海琉《かいる》は虫《むし》かごをかかえ、山道《やまみち》を走《はし》りだした。

それから、どうやって病院《びょういん》の集中治療室《しゅうちゅうちりょうしつ》までたどりついたのだろう。点滴《てんてき》や酸素《さんそ》マスクや、いろいろなチューブをとりつけられてねむるお母《かあ》さんの胸《むね》に、淡《あわ》く光《ひか》るハンゴンチュウをのせたことは覚《おぼ》えている。だがなんの変化《へんか》もなく、海琉《かいる》は泣《な》きながら寝《ね》てしまった。そしてふと、頭《あたま》をなでるやわらかな手《て》のぬくもりを感《かん》じて目《め》をさますと、うっすら目《め》をあけたお母《かあ》さんがぼんやりと海琉《かいる》を見《み》ていた。

お母《かあ》さんが退院《たいいん》できたのは、それから一週間後《しゅうかんご》のことだった。

夏休《なつやす》み最後《さいご》の日《ひ》、海琉《かいる》は三《み》ツ《つ》塚山《づかやま》にのぼった。昼間《ひるま》の三《み》ツ《つ》塚山《づかやま》は多《おお》くの人《ひと》でにぎわっている。それでも古墳《こふん》への道《みち》に入《はい》るとざわめきは遠《とお》い。

もうすぐ古墳《こふん》の入《い》り口《ぐち》というあたりで、海琉《かいる》は足《あし》をとめた。しげみがひどくふみあらされ、折《お》れた枝《えだ》が散《ち》らばっている。大《おお》きな石《いし》につぶされて、ちぎれたヘビの死骸《しがい》も。

(あまんじゃくは、ぶじだろうか……)

おそるおそる古墳《こふん》までの道《みち》をたどる。どこにもあまんじゃくのすがたはない。うまく逃《に》げられたのか、それとも食《く》われてしまったのか……それをたしかめるすべはない。

海琉《かいる》は古墳《こふん》の洞窟《どうくつ》をのぞきこんだ。そこは昼間《ひるま》でもしずかな暗闇《くらやみ》に満《み》ちていた。

「おーい、あまんじゃく！ 遊《あそ》びにきたぞ！」

よびかけてみる。返事《へんじ》はない。ふたたびよびかけてみても、やはり返事《へんじ》はない。

海琉《かいる》はあきらめて、洞窟《どうくつ》の前《まえ》にのびた木《き》の枝《えだ》に、銀《ぎん》の鈴《すず》をくくりつけた。あれから三《みっ》つ、買《か》いなおしたのだ。ひとつはお母《かあ》さんに。ひとつは自分《じぶん》に。そしてもうひとつをあまんじゃくに。

「これ、やるから。おれのとおそろいだぞ」

洞窟《どうくつ》の奥《おく》にむかって、海琉《かいる》は声《こえ》をはりあげた。答《こた》えはなく、しずまりかえったままだった。

とぼとぼと山道《やまみち》をひきかえしはじめたとき、チリン、と澄《す》んだ音《おと》がひびいた。思《おも》わずふりかえったが、だれもいない。ただ、たしかに結《むす》んだはずの銀《ぎん》の鈴《すず》が消《き》えている。海琉《かいる》は洞窟《どうくつ》をながめた。銀《ぎん》の鈴《すず》を鳴《な》らしてはしゃぐあまんじゃくの姿《すがた》が見《み》える気《き》がした。

第《だい》20話《わ》

バラの王女《おうじょ》

牧野《まきの》　節子《せつこ》

あの子《こ》に、会《あ》いたい。ぼくがそう思《おも》ったのは、おなじ五年《ねん》一組《くみ》の安田《やすだ》が、よけいな情《じょう》報《ほう》をぼくにくれたからだ。

「しってるか？　二人《ふたり》のこと。池崎《いけざき》がさとみに告《こく》って、つきあってるんだって」

な、なんだよそれ！　池崎《いけざき》なんか、転校《てんこう》してきたばかりのやつじゃないか。ぼくはこの学校《がっこう》の入学式《にゅうがくしき》でさとみを見《み》たときから、ずっとずっと好《す》きなのに。

そりゃ、ぼくは告白《こくはく》とかしてないけど……。でも、あんな、声《こえ》がでかいだけの、お調《ちょう》子者《しもの》の池崎《いけざき》とつきあうなんて、ふん、さとみって見《み》る目《め》ないな。

そのときぼくの頭《あたま》に、ふっとあの子《こ》のすがたが浮《う》かんだ。さとみなんかよりずっとずっと、きれいな子《こ》。ああ、もういちど会《あ》いたい。そう思《おも》ってしまったんだ。

あの子《こ》に会《あ》ったのは一年前《ねんまえ》のこと。ぼくはときどき学校帰《がっこうがえ》りに遠回《とおまわ》りをする。しらない道《みち》を歩《ある》くのが好《す》きなんだ。

その日《ひ》はある家《いえ》の庭《にわ》に、白《しろ》と赤《あか》とピンクの三色《しょく》がまじった美《うつく》しいバラがたくさん咲《さ》いているのが見《み》え、思《おも》わず足《あし》をとめた。

「よかったら、なかに入《はい》って見《み》ていけば」

バラに水《みず》をやっていたおばあさんが、低《ひく》い垣根《かきね》ごしにぼくをさそってくれた。

それからなんどもぼくはその家《いえ》に行《い》き、庭《にわ》のテーブルで紅茶《こうちゃ》をごちそうになりながら、バラをながめてすごした。

ある日《ひ》、おばあさんが、「ケーキを持《も》ってくるわね」と家《いえ》のなかに入《はい》ったときだ。

バラのしげみのなかから、すっと顔《かお》をだした子《こ》がいた。白《しろ》い肌《はだ》に赤《あか》い唇《くちびる》。ピンクのドレスがすごくにあってる、超絶美少女《ちょうぜつびしょうじょ》だ。

「びっくりした。きみ、いつからいたの？」

女《おんな》の子《こ》はほほえんだが、おばあさんが出《で》てくるドアの音《おと》がするとしげみにかくれ、どこに行《い》ったかわからなくなった。

「あの、いま、とてもきれいな女《おんな》の子《こ》が」

ぼくが告《つ》げると、テーブルに皿《さら》をおくおばあさんの手《て》が、ぴたっととまった。

「見《み》えたのかい。気《き》に入《い》られちまったんだね。ぼうや、ここにはもう来《き》ちゃだめだ。危険《きけん》なんだよバラの王女《おうじょ》は。精気《せいき》を吸《す》いとられ、あげくのはてには……」

「え？　王女《おうじょ》？　なんのことですか？」

「あたしも縁《えん》を切《き》りたいんだけど、王女《おうじょ》は執念深《しゅうねんぶか》くてね。どこまでも追《お》いかけてくるんだ。だからこうしてきげんをとって、悪《わる》さをしないようにしているのさ」

おばあさんはチョコレートケーキを細《こま》かくくだき、そのかけらのいくつかをバラのしげみにむかって、パラリと投《な》げた。かけらは空中《くうちゅう》で、すっと消《き》えてしまった。

一年《ねん》ぶりで来《き》た家《いえ》は、人《ひと》の気配《けはい》が感《かん》じられなかった。門《もん》の前《まえ》で立《た》っていると、となりの家《いえ》のおばさんだろうか、声《こえ》をかけてくれた。

「あなた、知《し》り合《あ》いだったの？　この家《いえ》の方《かた》は、半年前《はんとしまえ》に亡《な》くなられたのよ」

家《いえ》ももうすぐ処分《しょぶん》されるらしい。ぼくは垣根《かきね》ごしに手《て》をのばし、枯《か》れかけたバラのなかの少《すこ》し元気《げんき》そうな一本《ぽん》を折《お》る。

家《いえ》に持《も》ち帰《かえ》り、水《みず》を入《い》れたコップにさし、部屋《へや》にはこぶ。机《つくえ》のはしにおくときにバラがゆれて、花粉《かふん》がちょっとパソコンの上《うえ》に散《ち》ってしまった。

その晩《ばん》。あの子《こ》があらわれた。ほほえみながら白《しろ》い手《て》をのばしてきたとき、ぼくはうれしくてたまらなかった。その手《て》はシュルシュルとぼくの首《くび》に蔓《つる》のようにからみつき、せまった顔《かお》は風船《ふうせん》のように大《おお》きくふくらみ、カアーッと裂《さ》けた赤《あか》い口《くち》が……。

「ワアアアアアアー！」

自分《じぶん》の叫《さけ》び声《ごえ》でぼくは目《め》をさました。ああ、夢《ゆめ》か。食《た》べられるところだった。

「危険《きけん》なんだよバラの王女《おうじょ》は」

おばあさんの言葉《ことば》が胸《むね》にしみたぼくは、コップからバラをぬきとり袋《ふくろ》にいれ、登校《とうこう》の前《まえ》にゴミの収集場《しゅうしゅうじょう》にいった。

夕方《ゆうがた》。学校《がっこう》から帰《かえ》ってきて、ぼくはぞわっと鳥肌《とりはだ》がたった。机《つくえ》の上《うえ》に、横《よこ》たわっていたのだ。朝《あさ》に捨《す》てたはずの、一輪《りん》が。ぼくはそれをつかむとパパの部屋《へや》からライターを借《か》り、トイレに入《はい》った。なにをしているのか自分《じぶん》でもよくわからないまま、ボシュッ！と点《つ》けた炎《ほのお》でバラを焼《や》き、黒《くろ》い残骸《ざんがい》を水《みず》に流《なが》した。

数日後《すうじつご》。さとみが池崎《いけざき》をふったといういい情報《じょうほう》を安田《やすだ》がくれた。さとみは誕生日《たんじょうび》が近《ちか》い。なにかプレゼントして、それをきっかけに仲《なか》よくなれないだろうか。

その夜《よる》。パソコンを開《ひら》き、「小《しょう》5の女子《じょし》がよろこぶプレゼント」を検索《けんさく》した。すると出《で》てきたワードは、バラ、ばら、薔薇《ばら》……バラばかり！　おばあさんの言葉《ことば》を思《おも》いだす。

「王女《おうじょ》は執念深《しゅうねんぶか》くてね」

シャットダウンしなくちゃ！

でも画面《がめん》は消《き》えずに文字《もじ》から映像《えいぞう》にかわり、シュルシュルシュル、のびてきた黒《くろ》い手《て》のカギヅメがぼくの首《くび》に……。

「ギャアアアアアアー！」

二十本《ぼん》のロウソクが消《き》えました。
今宵《こよい》はここまでといたします。
今年《ことし》の祭《まつ》りも、ぶじに鬼《おに》を封印《ふういん》し、闇《やみ》をおさめることができそうです。
どうぞ、明晩《みょうばん》も、怖《こわ》い話《はなし》を楽《たの》しみに、お越《こ》しいただきますよう、
よろしくお願《ねが》い申《もう》し上《あ》げます。

著者紹介

最上一平
山形県生まれ。『ぬくい山のきつね』『たぬきの花よめ道中』など。

前田栄一
埼玉県生まれ。本作で初入選。今後さらに意欲的に執筆するつもり。

相原かよこ
京都府生まれ。大学では建築を専攻。妖怪、怪談をこよなく愛す。

軽部武宏
画家。『ばけバケツ』で第23回日本絵本賞。他に『ながぐつボッチャーン』など。

草下あきら
岡山県生まれ。単行本掲載は今作が初。超のつく怖がり。

有賀佐知子
横浜市在住。怖い話は、読むのも書くのも大好き。

東野 司
作家。著書「ミルキーピア物語」シリーズ、『何かが来た』など。

小川英子
著書に『ピアニャン』『山ばあばと影オオカミ』『あけちゃダメ!』など。

井又晶子
茨城県出身。米国の大学で考古学を専攻。ライター業の傍ら雑貨店を運営。

月城りお
神戸市出身。web光文社文庫の第二回ショートショートで優秀作受賞。

茂内希保子
秋田県生まれ、京都府在住。日々せっかち、ではなく、うっかりしがち。

松本タタ
文芸同人誌「夕凪」会員兼編集。ショート・ショートを中心に活動中。

山崎香織
茨城県生まれ。『やみの世界の骨太郎』、『チビちゃんの桜』など。

小林 孝悦
コピーライター。昨夏、博報堂を退社し、㈱コピーのコバヤシを設立。

阿刀田 高
作家。『来訪者』で日本推理作家協会賞。直木賞、吉川英治文学賞など受賞多数。

藤 真知子
「まじょ子」(既刊60巻)、「わたしのママは魔女」(全50巻)シリーズなど。

たてうちえいじ
兵庫県生まれの三十四歳。趣味はゲームとボクシング。たまには物語も作る。

柳澤みの里
岐阜県生まれ。著書『食いしんぼうカレンダー なっちゃんのおいしい12か月』。

永坂みゆき
既刊に『ビターティラミス』『コイタンハ!』など。

牧野節子
著書に『お笑い一番星』『サイコーのあいつとロックレボリューション』など。

装画・本文イラスト／玉村ヘビオ
装丁・ブックデザイン／城所潤+大谷浩介（ジュン・キドコロ・デザイン）
編集協力／横山雅代

5分ごとにひらく恐怖のとびら　百物語
1 絶叫のとびら

2018年7月　初版第1刷発行

編者	日本児童文学者協会
発行者	水谷泰三
発行	株式会社文溪堂
	〒112-8635　東京都文京区大塚3-16-12
	TEL (03)5976-1515（営業） (03)5976-1511（編集）
ホームページ	http://www.bunkei.co.jp
印刷・製本	図書印刷株式会社

©2018. 日本児童文学者協会　Printed in Japan
ISBN978-4-7999-0270-7 NDC913 174p 188×128mm
落丁本・乱丁本はおとりかえいたします。定価はカバーに表示してあります。

5分ごとにひらく恐怖のとびら

百物語

全5巻

日本児童文学者協会・編

百本のろうそくを灯し、
1話終わるごとに1本1本消していく。
ろうそくが消えるたびに、忍び寄る恐怖の影。
20話ごとにとびらをあけ、さらに近づき…
百話目を読み終えたとき、
気がつけば、あなたの後ろに……

❶ **絶叫《ぜっきょう》のとびら**
最初に語られる20話は、
思わず叫びだしてしまう怖いお話。

❷ **不気味《ぶきみ》のとびら**
つづいて、思わず背筋がぞくっとする
不気味な20の話

❸ **強欲《ごうよく》のとびら**（2018年9月刊行予定）
百物語も、はや中盤、欲張り者の
末路におののく20の話をどうぞ。

❹ **怨《うら》みのとびら**（2018年11月刊行予定）
怖いめにあうのは、因果応報？　でも、知らないうちに
だれかに怨まれている…なんてことも……？

❺ **奇妙《きみょう》のとびら**（2019年1月刊行予定）
最後の20話は、なんとも奇妙な物語…
そして、最後にあらわれるものは…？